希腊罗马神话

THE GREEK
AND ROMAN MYTHS

A GUIDE TO
THE CLASSICAL STORIES

〜〜〜〜〜〜〜〜〜〜〜

〔英〕菲利普·马蒂塞克〔Philip Matyszak〕 著

崔梓健 译

民主与建设出版社

· 北京 ·

题献

　　谨以本书献给"雷云聚集者",奥林匹斯之主,风暴之神宙斯(以防万一)

致谢

　　像往常一样,在这本书的写作过程中我得到了许多朋友和同事的帮助,他们作出过无数有益的评论和建议。这里面就有知识渊博得惊人的罗宾·奥斯本和蕾切尔·皮尔,两人都从头到尾完整地阅读了本书并且温和地指出过我的错误。如果还有哪些错误尚未改正,一切责任也全在我。

◄目　录►

前言

如果古希腊罗马神话仅仅是一整套关于魔法变形与争吵不休的诸神的故事的话，那么阅读它们就没有多大意义了。首先，这些神话为数众多，而且里面全是令人困惑的名字与家谱，那么我们又为什么非要去了解、在意它们呢?

因为这些神话展现了古代人的世界观，而且这些英雄、受到冤屈的妇女与虽然强大却又任性得可怕的神祇等原型塑造了古希腊罗马人看待自身以及人与宇宙间关系的方式。事实上，这些原型的形象是如此强大，以至于直到今天人们还在使用它们。当心理学家（这个职业的名字与希腊神话中的一位公主普绪刻有关）提到恋母情结（Oedipus complex）或者自恋狂（narcissist）的时候，他们就是在使用希腊神话中的人物原型。毕竟，俄狄浦斯（Oedipus）和纳喀索斯（Narcissus）的神话故事本身就有力地阐释了人类精神中的这些特定症结，在这方面它们一直都未曾被超越。

这就把我们领到了阅读神话的更深层理由面前：这些神话故事能在近三千年的历史中经久不衰，并非因为它们是"文化范式""母题素的主位序列"（或者是随便什么当下学界偏好的其他时髦术语），而是因为它们归根结底，是描述有力且极其令人愉悦的叙事。

神话世界并不像它乍看上去那么混乱，许多神话故事都有着共同的主题。英雄们备受磨难，但作为补偿却获得了相应的天赋与能力；少女们饱受爱情之苦，但最终又总是能得偿所愿。而那些更为严酷的故事又告诉我们：命运三女神（the Fates）会纺织、丈量、最终割断生命之线，这条不可变更的生命之线主宰着人的命运，而生命的全部意义就在于坚毅而高贵地直面命运。

另外，这些神话还有一个统摄一切的主题：尽管彼此间有着矛盾、分歧与误解，神祇、半神和人类还是会并肩作战去对抗那些象征着混乱的力量与肆无忌惮的破坏的怪物和巨人。现代故事的主题往往是正义战胜邪恶，而古典神话中的挑战却是文明、理性与混乱、野蛮间的对抗。从根本上来说，希腊神话是关于将人性价值带入到一个专横而又充满敌意的宇宙的故事。这也正是尽管有时盲目的仇恨、恣意的破坏以及非理性好像在当今世界中占了上风，但古典神话也并未失去其力量的原因。

这是一份关于如何理解曾经联结了希腊罗马世界的信仰与神话为我们留下的遗产的导读，或者说是指南。它有以下三个最终目的：

理解古典神话的总体情况

从许多方面来说，在其最广泛的意义上只有一种古典神话。这个故事是在一千多年历史中逐渐成型的，自公元前 9 世纪从古希腊的民间记忆与民俗故事中诞生，最终完成于公元 2 世纪的古罗马作家之手。古希腊罗马神话是所有集体写作的故事里最伟大的，而作为两种不同文化合作的成果这一点则使它更令人敬畏。这最终成就了卷帙浩繁而漫无边际的古希腊罗马神话，它有着数不尽的次要情节和上千个人物，同时又有基本的故事脉络、清晰的主角，还包含了完整的开头、中间和结尾。

因此这本书的目的之一就是使读者能够从整体上审视神话的全貌，把它看作一个古代希腊罗马的孩童都耳熟能详的故事。

了解古典神话的语境

然而这本书还有着更深层次的目的，如果这本书要成为真正意义上的指南书的话，它不能仅仅讲述故事，同时也要解释古代人是如何理解这些神话的。我们需要走进古希腊罗马人的内心世界，以他们的方式看待神祇和他们所生活的世界。我们需要把自己设想为一个即将第一次听到某段神话的古希腊或罗马人。然后你就会了解故事的背景、出场的大部分主要人物和他们的性格特征，某段故事在整个神话体系中的位置以及如何去理解其中涉及到的人物的动机。由于欧里庇得斯、索福克勒斯以及其他古典戏剧大师所作的传世悲剧都取材于这些神话，理解了这些神话也就能更深刻地欣赏这些剧作家的杰作，如今这些作品在西方文化中有着里程碑意义。

神话的现代回响

最后，这些神话影响是如此巨大，而又如此深地嵌入了西方人的意识之中，以至于直至今日它们也从未真正退场。自文艺复兴时代起，它们一直影响着不计其数的画家、雕塑家、作曲家以及作家，因此本书中以设置独立专栏的形式强调了每个古代神话在后世的影响和流变。除此之外，即便是在当下，我们也会经常使用和古代诸神相关的词汇或处理与之相关的事物，尽管我们通常并没意识到这一点。本书希望让大家注意到当代生活中涌现出的与古代神话相关的许多细节——它们常常会在最出人意料的地方出现。我希望我这样做不仅能让读者们更熟悉古典世界，同时也能够增进他们对现代世界的了解。

这份指南汇编的原材料范围包括从荷马与维吉尔的史诗，到更少为人知的赫西俄德、奥维德，以及抒情诗人如品达和巴库利德斯以及俄耳甫斯教祷歌（Orphic Hymns）。而关于原始材料中的矛盾之处（尤其是在谁是谁的生父这件事上），我们采信的一般是那些看起来更能形成连贯流畅的故事的。同时我们也为那些有兴趣了解更多的读者注明了一些更有争议的说法。除非特别标注，全书中涉及对古代文献的翻译均由作者自行完成。

1

开端：
从混沌到宇宙形成的四个步骤

对古希腊罗马人来说，他们的世界有着光辉、鲜活的崭新开端。就如许多新生事物一样，世界在诞生之初充斥着混乱，却同时也洋溢着巨大的能量与生命力。那些生活在古典时代的后来人认为黄金时代早已终结，而他们所生活的世界之所以相对稳定，是因为它已经失去了曾经丰沛的青春活力。

神话的诞生

就像罗马人相信新生的幼熊如果不经过母亲舔舐就不会成形一样，一度不成熟的希腊罗马神话是经由那些古代最伟大的故事作者——从荷马到维吉尔——之口，才变成如今的标准样式。关于造物的篇章最早由赫西俄德在约公元前 720 年定型。他所撰写的关于创造天地万物的叙事，也就是《神谱》，成了这一神话在古希腊罗马人中最为广泛接受的版本（不过并不是唯一的版本）。

第一步
混沌理论

在海、陆以及覆盖一切的苍天尚不存在之前，大自然的面貌是浑圆一片，到处相同，名为"混沌"。

它是一团乱糟糟、没有秩序的物体，死气沉沉，

各种彼此冲突的元素乱堆在一起。

奥维德，《变形记》第1卷第10行起

起初只有一片混沌。时间、天界、大地、天空以及水域都混杂在一起，在混合物之中既没有理性也没有秩序。混沌，或卡俄斯（Chaos）是一片无边无际的黑暗，日后构成世界的那些元素原本要永远地陷身于这道难以逾越的深渊当中。混沌中包含着一切之后将要诞生的事物，尽管它们还未成形。正如俄耳甫斯秘教的信徒所说的那样，混沌是"万物之卵"。正是在这种时间尚不存在的不可数空间中，某些力量开始成形，

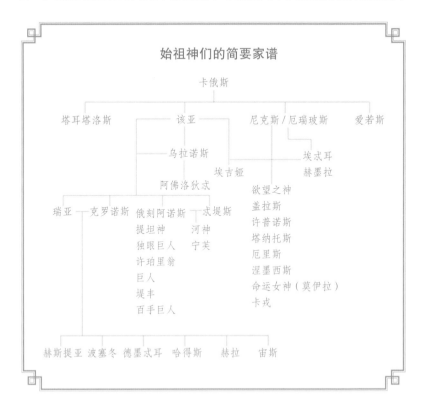

始祖神们的简要家谱

并最终成为了宇宙中最早的有组织的存在。下面就是最初的四位天神：爱若斯、该亚、塔耳塔洛斯与尼克斯 / 厄瑞玻斯。后米受到万人崇奉的那些神祇都是这四位天神的后代。

爱若斯

　　最先从混沌中现身的是始祖神爱若斯（爱）。最初的爱若斯神非常强大，甚至可以说是诸神中最强大的一位，因为如果没有爱若斯的话，其他几位脱离混沌的神祇会一直保持静止不变，并且永远无法生育。而爱若斯

爱若斯和他那支威力巨大的弓。

不仅仅象征着爱，还象征着整个生殖法则。在后来的时代里他渐渐将自己的很多职能移交给其他神祇，最终变成了罗马时代那个惹人爱抚的丘比特。但我们不要忘记，尽管之后我们会在其中看到一些偶尔会血腥可怕的故事，

后世文化艺术作品中的爱若斯

　　卡拉瓦乔 1602 年创作了著名的《胜利的爱神》，画面中有一个几乎藏不住坏笑的粗野小孩，他站在那里嘲弄着人类的努力被他一扫而光（以散落一地的盔甲、鲁特琴还有罗盘等物表现）。迄今为止最著名的爱神雕像位于伦敦的皮卡迪利圆环广场，自 1893 年起它一直都是伦敦的地标。尽管雕塑家阿尔弗雷德·吉尔伯特本人原本打算塑造的是爱神的伴神——安忒洛斯，即"得到了回报的爱"。这座雕像也是最早的用铝浇铸的雕像之一。

但神话的宇宙是通过爱创造的。

该亚

最早受到爱若斯魔力影响的是该亚——大地女神，因为只有大地才能"自己使物从自身中诞生"，古希腊人的这种说法和现代人所谓的"单性繁殖"或者"童贞受孕"比较接近。因此，赫西俄德写道："无需经过爱的甜蜜结合"，该亚就独自生下了天空之神乌拉诺斯（罗马人称之为凯路斯），还有深海之神蓬托斯。

塔耳塔洛斯

塔耳塔洛斯是该亚阴暗的对立面。该亚多产而富有生机，塔耳塔洛斯贫瘠而死气沉沉。后来塔耳塔洛斯将成为囚禁因强大而过于危险的巨人、怪物（其中包括人类和其他种族）的监狱。即便是爱若斯也对塔耳塔洛斯束手无策：塔耳塔洛斯并不能繁殖后代。

尼克斯

爱神和"黑翼的夜神"尼克斯打交道还更容易些。尼克斯有着名唤厄瑞玻斯的二重身，厄瑞玻斯被称为"塔耳塔洛斯的夜神"。借由爱神的帮助，尼克斯和厄瑞玻斯一起生下了白昼之神赫墨拉还有天宇之神埃忒耳。埃忒耳是天界本身、高层大气、神的气息以及该亚和塔耳塔洛斯间边界线的化身。（埃忒耳也是始祖神之一，但并不那么有创造力，因此后来他和该亚结合生下的是埃吉娅——懒惰之神就不足为奇了。）这些神祇诞生之后，宇宙的根基才算完整。

第二步
该亚和乌拉诺斯的血系

我所要歌咏的是该亚女神，万物的主母，

你根足最深，而又年岁最长，滋养万物。

《荷马赞歌》30

早期宇宙中最精力充沛的一对要属该亚与她的"儿子"乌拉诺斯——大地与天空。就像她的其他始祖神同伴一样，该亚并没有人类的想法与天性，两股自然力量的互相作用也与人类概念中的母子关系或者乱伦无关。我们只需要知道该亚充当了两者间的雌性元素，而乌拉诺斯充当了雄性元素就足够了，乌拉诺斯每晚都将星光灿烂的天幕覆盖于大地之上。当然，我们也无法测定这件事发生的时间，因为时间尚未诞生。尽管这四位始祖神成功地脱离了混沌，但混沌还是横亘在天界与大地之间。正如我们早已知道的那样，混沌从未彻底退场。

今日的该亚——字面意义上的无处不在

该亚如今通过"该亚假说"而最为人熟知，这一假说假定地球是一个单一的生命有机体。结果如今从政府项目到素食香肠的一系列东西都用该亚来命名。

不过在我们的字典中，对该亚最为看重的还是她作为地神的属性（参见本书 15 页对于神的属性的解释，地神的属性在字典中体现为 Ge 的词根），一份描绘大地（Ge）情况的图片（graphe）对应着地理学（geography），同样地，我们还有地球静止卫星（geostatic satellites）

以及地球物理学研究（geophysical studies）。研究地神该亚的骨骼[①]的学科对应着地质学（geology），而从丈量土地的过程中又诞生了几何学（geometry）。从"耕地的农民"ge-eurgos中演变出了乔治（George）这个名字，因而也就有了两个以乔治亚[②]（Georgia）为名的行政区。

今日的乌拉诺斯

关于乌拉诺斯，眼下最为人熟知的应该就是以之命名的太阳系第七颗行星——天王星了。事实上古代人并不知道这颗行星的存在，它直到1781年才被发现。而且这颗行星起初被人以乔治王命名，正如我们所见，这个名字非常凑巧地与乌拉诺斯的配偶——该亚有关。

不久之后，金属元素铀（uranium）就被发现了，人们为庆祝发现天王星这一事件，给它取了这个名字。就像天王星一度被认为是太阳系的最后一颗行星一样，铀也一度被认为是最后一个化学元素。

提坦神

该亚和乌拉诺斯的结合硕果累累，他们生下了一群被统称为提坦的、形态各异的生物。许多提坦神都生得巨大而丑陋，而且是永生不死的，在之后的时代里他们为人类制造了不少麻烦。而剩下的那些则融入了正在形成中的宇宙秩序，并且在宇宙的正常运转中扮演着不可或缺的角色。后者之中的典型就是俄刻阿诺斯，他化身为一条围绕着整个大地奔流的世界之河，或者说是一条环绕着亚欧大陆与北非的大河，毕竟这已经是古代人对于当时地理了解的极限了。类似的提坦神还有缪斯女神们的母亲谟涅摩绪涅；许珀里翁及其子女赫利俄斯（太阳神）、塞勒涅（月神）与厄俄斯（"玫瑰色手指的黎明之神"）。

---

① 此处对应后文将提到的丢卡利翁与皮拉的传说，他们将"该亚的骨头"——石头丢入地里，重新创造了人类。——译者注（此后如非特殊标明，均为译者注）
② 指美国的乔治亚州与亚洲的格鲁吉亚共和国。

今日的提坦

提坦是土星的一颗大型卫星，而名词 titan 或者形容词 titanic 意味着"近乎超人的"。提坦的力量使得一种非常强韧的金属被命名为"钛"（titanium），而还有一艘显然并没有预想中那么坚固的船被命名为"泰坦尼克"号（*Titanic*）。提坦还被用作了一系列长期服役的太空火箭的名字。

该亚生育的怪物们

该亚和乌拉诺斯的其他儿女还包括独眼巨人族，以及巨大而又让人厌恶的百手三巨人（他们每个人都有五十个头还有一百只手臂，其名字

后世文化艺术作品中的"阿佛洛狄忒的诞生"

阿佛洛狄忒（罗马人称其为维纳斯）诞生的传说在 15 世纪 80 年代为文艺复兴时期最负盛名的画作之一——波提切利的《维纳斯的诞生》提供了灵感。画面描绘了女神从海水中诞生的瞬间。"维纳斯"的模特可能是美丽的交际花西蒙妮塔，而在文艺复兴时代的意大利，贝壳隐喻着维纳斯在画作中被遮挡住的私处。

波提切利版本的阿佛洛狄忒的降生。

Hecatoncheires 一词意味着"有一百只手的")。这些生物可能会造成相当大的麻烦，在有些版本的故事中，乌拉诺斯把它们打入了塔耳塔洛斯；还有一些故事则宣称乌拉诺斯拒绝让这些怪物出生，一直把它们困在该亚在地下的子宫中，因此它们从未直接对人类造成威胁。

该亚并不赞成乌拉诺斯对待子女的方式，她决定是时候做出回应了。刚刚提到的"时间"就是该亚最小的儿子克罗诺斯，随着他的诞生，时间才来到世界。就像对那些纵情玩乐的人来说，时间总是在不经意间过去一样，当乌拉诺斯与该亚交欢的时候，克罗诺斯趁其不备，用他母亲早已贴心地准备好的一把锋利的大镰刀只一下就阉割了乌拉诺斯，手法十分熟练。

被丢弃的睾丸坠入了海洋之中，于是从海水中诞生了阿佛洛狄忒——未来的奥林匹斯主神之中最为古老的一位（参见本书49页）。"她被称作阿佛洛狄忒是因为她从泡沫（Aphros）中诞生，一出世就有爱若斯和甜蜜的欲望之神为伴，他们随后把她引到了诸神之家。赫西俄德告

带翅膀的睡眠之神和死神抬着受到致命伤的英雄（约公元前510年的雅典花瓶）。

诉我们："她也在神和人中间分得了一份财富，即少女的窃窃私语和满面笑容，以及伴有甜蜜、爱情和优雅的欺骗。"

夜神的子女们

有些人可能会好奇，帮助阿佛洛狄忒降生的"甜蜜的欲望之神"又是什么来历？答案是尼克斯也没有怠惰，她也生下了一批子嗣，欲望之神算是尼克斯那堆千奇百怪的儿女中还算招人喜欢的一位，她其他的子女包括盖拉斯（老年之神）、许普诺斯（睡眠之神）、塔纳托斯（死神）、厄里斯（纷争女神），还有涅墨西斯（报复女神），以及令人恐惧的莫伊拉，又叫命运三女神，她们一道编织神与人的命运。

第三步
涅俄普托勒摩斯法则与宙斯的诞生

涅俄普托勒摩斯法则规定：伤人者最终将会得到同样方式的报复。古希腊人几乎把这条法则视为自然法则一般，而且以嗜杀成性最终同样惨死的阿喀琉斯之子涅俄普托勒摩斯（参见本书 208 页）为之命名。尽管涅俄普托勒摩斯生活的年代还在很久之后，但早在乌拉诺斯被刺之时，这条法则就开始显现效果了。该亚和乌拉诺斯依旧维持着夫妇关系，不过被阉割后的乌拉诺斯不再对万事万物施加影响，从此淡出了人们的视线之外。该亚也逐渐退居到了地下。事实上，她最后成了大地本身，而且自此一直保持着这种形态。

克罗诺斯和瑞亚

克罗诺斯成为了新一代神祇的领导者，娶了自己的姐姐瑞亚为妻。瑞亚在希腊神话中是个次要的角色，但在后来的罗马神话中被尊为"众

神之母"，因为她是奥林匹斯主
神们的母亲或祖母。在现代世
界里，瑞亚是土星最大的一颗卫
星①。这的确合乎情理，因为在罗
马人那里，克罗诺斯（还有一部
分哈得斯的形象）变成了农业之
神萨图恩（Saturn，土星就是以他
命名的），我们现在说的"星期六"
（Saturday）这个词就源自对萨图
恩的祭拜。

克罗诺斯接过一块代替宙斯的石头。

　　早期罗马神话中有好几个身份重要的女性都叫作瑞亚。瑞亚·席
尔瓦是罗穆路斯和雷默（Romulus and Remus）的母亲，还有另一位瑞
亚和赫拉克勒斯生下了阿文提乌斯（Aventius），后来罗马的阿文庭山
（Aventine Hill）就以他的名字命名。

　　不过对于该亚来说不幸的是，克罗诺斯在经过一番深思熟虑之后，
决定还是将她的那些怪物后代囚禁在塔耳塔洛斯之中。借由专制的统
治，克罗诺斯一直在位。不过他也很清楚，在他阉割了自己的父亲之
后，复仇女神早已经盯上了他，而根据涅俄普托勒摩斯法则，他很可能
也要被自己的一个孩子用同样的方式篡位、阉割。

奥林匹斯诸神的降生与封存

　　克罗诺斯想要逃避袭击父亲带来的惩罚，不过既然神祇都是不朽
的，他就无法杀掉自己的孩子。而乌拉诺斯的先例又表明了把孩子封在
母亲的子宫里并不奏效，因此克罗诺斯决定亲手解决问题——他的孩子
一出生就被他直接吞进了肚子，同时也在形而上意义上映射了这样一个

①　Rhea，即土卫五其实是土星的第二大卫星。

事实：从长远来看，时间的确会这样吞没自己所有的孩子。

然而，在尝试避免步其父后尘的过程中，克罗诺斯还是犯了相同的错误，没有考虑到自己妻子身上的母性因素。像该亚一样，瑞业也被自己孩子们的命运所激怒。而和她的母亲一样，她也决定有所回应。

宙斯的诞生

就像希腊之后将要诞生的所有好女孩一样，瑞亚找到了她的母亲该亚寻求建议。而该亚则建议女儿到了临产的时候就回家。因此，当瑞亚最小的儿子产期将近时，她返回到了大地之上。宙斯可能降生于里克托

后期文化艺术作品中的宙斯诞生

伟大的佛兰德斯画家鲁本斯有很多神话题材的画作。在罗马神话中，萨图恩是宙斯（朱庇特）的父亲，他把自己的其他孩子吞入了腹中。鲁本斯创作于1636年的《萨图恩》是一幅令人惊惧的画作，画面上的男子正撕咬着一个还活着的孩子。这一主题在19世纪20年代初戈雅的画作《萨图恩吞食自己的儿女》中发展到了黑暗癫狂的高峰。与此相对，宙斯幸存的主题则是由巴洛克艺术大师吉安·劳伦佐·伯尼尼在1615年借由一个小型大理石雕塑《山羊阿马尔塞和婴儿朱庇特与法翁》充满魅力地展现的。

戈雅画中噩梦般的克罗诺斯。

斯，又或许是在艾达山或迪克特山中的一处，总之是在克里特岛上。当克罗诺斯准时出现要来吞食宙斯的时候，瑞亚把一块克里特岛的大石头裹在襁褓中交给了他。于是克罗诺斯确信自己已经吞掉了最后一个孩子之后就离开了，而该亚带走了宙斯，一直秘密地抚养着他，用野蜂的蜂蜜还有阿马尔塞（最早的山羊之一）的奶水喂养他。

古代祭坛上的浅浮雕：
被山羊阿马尔塞喂养的年幼宙斯。

天庭之战：与提坦们的苦战

尽管宙斯在远离他父亲警觉的目光之处慢慢蓄积力量，但克罗诺斯不仅强大而且狡猾：如果宙斯想要废黜他，就必须需要盟友。在该亚的哄骗下，克罗诺斯吐出了宙斯的兄弟姐妹们，克罗诺斯一吐出那块他原本以为是宙斯的石头，战斗就打响了。宙斯从塔耳塔洛斯中释放了该亚被囚禁的那些孩子，而克罗诺斯为了维护自己的统治则召集了他的其他提坦神兄弟姐妹。这场战争最早在天庭开始，而且规模浩大。按照赫西

尼柯斯梯尼制作的古希腊花瓶上的画面：准备与巨人作战的诸神。

后世文化艺术作品：与提坦和巨人们的战争

诸神对抗提坦和巨人们的战争为文艺复兴时代以及随后的启蒙时代绘画提供了主题，画家们将其赋予了启蒙价值战胜愚昧与野蛮的寓意，以实现其赞助人的宣传目的。这样的画作包括：朱里奥·罗马诺创作于 1530 年到 1532 年间的《从奥林波斯山上坠落的巨人》，约阿希姆·乌提耶沃创作于 1600 年的《众神与提坦之战》，还有弗朗西斯科·帕约·苏维亚斯创作于 1764 年的《奥林波斯山：巨人的覆灭》。

朱里奥·罗马诺湿壁画中的天庭之战。

俄德的说法，在这十年中"无边的海洋在周围咆哮，大地砰然震响；宽广的天宇在摇动中呻吟，高耸的奥林波斯山因永生神灵的猛攻而摇晃"，但最终克罗诺斯被击败，和他一同对抗宙斯的提坦神们也被打入了塔耳塔洛斯。

与巨人们的战争

但在宙斯能够高枕无忧地当上宇宙的主宰之前，他还面临着巨大的挑战。他最先面临的挑战来自巨人，这些巨人是像阿佛洛狄忒从海洋中诞生那样，从乌拉诺斯飞溅到大地上的鲜血中诞生的。他们由阿特拉斯率领，拔起一座接一座的山

被宙斯的闪电火重创的堤丰（细节图）。

峰然后堆叠到一起，对奥林波斯山发起了一场突袭。雄伟的奥林波斯山位于希腊北部，是宙斯及其兄弟姐妹们的居所与堡垒，而巨人们对圣地的进攻最终被宙斯挫败了。

恐怖的堤丰

宙斯的最后一位也是最可畏惧的挑战者是堤丰，它有着一百个头颅，行动如飓风一般，而又口喷火焰。它是该亚最小的儿子，差一点就成功地把世界带入了黑暗与混乱之中。

不过宙斯通过独眼巨人们为他打造的闪电火获得了新的力量，随后他使用闪电火重创了堤丰，将它打入了西西里的埃特纳火山之下，此后堤丰还是会每隔一段时间就在这里徒劳地发泄狂怒，喷射火焰。

第四步
神祇间的瀑布效应

宙斯，秩序的化身，现在终于坐稳了奥林波斯山上的宝座，世界也随之开始最后定型。这是一个神圣的世界，一个属于诸神和下位神的世界，而他们中的每一个都肩负着完成余下创造工作的使命。

神的属性

神祇可以通过两种方式去实现他们被赋予的职能。第一种方式是通过属性——神祇的不同侧面，每一个侧面对应着神祇所承担的一种职能。因此宙斯既是闪电火的持有者，又是雷云的聚集者、风暴之神，而他的其他属性还有预言与治疗之神，异乡人的保护者。一个向神祇祈求恩惠的凡人应该呼唤他所要祈愿的那个神的某种具体属性[1]，如果他的祈愿全部实现了的话，那么他甚至可能会建一座神庙来供奉神祇的这种属性。[2]

神的子女

神祇们可能也会把自己的一些职责移交给下一代。因此你可以把神话世界当作是一小撮神祇涌向了世界各处并各自担当一系列职能，每位

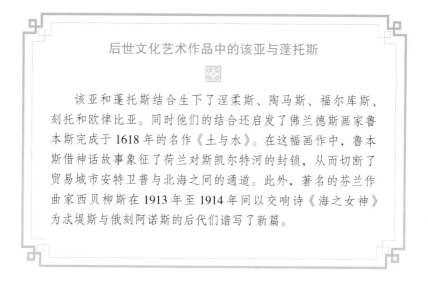

后世文化艺术作品中的该亚与蓬托斯

该亚和蓬托斯结合生下了涅柔斯、陶马斯、福尔库斯、刻托和欧律比亚。同时他们的结合还启发了佛兰德斯画家鲁本斯完成于 1618 年的名作《土与水》。在这幅画作中，鲁本斯借神话故事象征了荷兰对斯凯尔特河的封锁，从而切断了贸易城市安特卫普与北海之间的通道。此外，著名的芬兰作曲家西贝柳斯在 1913 年至 1914 年间以交响诗《海之女神》为忒提斯与俄刻阿诺斯的后代们谱写了新篇。

---

① 比如渴望摆脱病痛的人需要祈愿的对象就该是医疗之神阿波罗，而非预言之神阿波罗。

② 如上文的情况，他所建造的神庙供奉的对象应该是作为医疗之神的阿波罗而非作为预言之神的阿波罗。

神祇都创造出了自己今后要担任的神位，然后他们又生出下一代神祇来分担自己的下级职能，于是职能在一代代神祇间呈瀑布效应向下传递。比如，该亚的女儿忒堤斯与俄刻阿诺斯结合生下了地上的许多大河，而这些河神又生下了成千上万的宁芙，每一只宁芙都会在属于她的洞穴或池塘间出没。

深海之神蓬托斯生下了"海中老人"涅柔斯（涅柔斯又被称作普罗透斯，他能够适应任何活动，或是把自己改变成任何形态，由此有了我们所使用的形容词 protean——善变的），蓬托斯的后代海宁芙会在每一个海湾间居住，有的也居住在深海，经常与海豚一道嬉戏。主要神祇们生下了许多的下位神，而他们又生下了更多管理更小范围以及职能更细化的神祇，其他神祇也这样成百上千地诞下子嗣，直到宇宙中从风到四季的每一件事物，都有一个专属于它的神祇为止。每个抽象的存在都曾有过，或者本身就曾是一位神祇，而每个洞穴都曾有过一个山宁芙，每片树丛中也都曾有过一位树宁芙。[①]

诸神的世界，人类的世界

新生的世界既带有人文主义的色彩，又富有神性的光辉。它带着人文主义的色彩是因为新一代神祇也不过是自然世界的一部分，他们虽然生而为神，却又并不全知全能。他们和人类有着同样的价值、抱负与挫折。尽管他们吃的是神肴，血管中流的是灵液，但他们还是会同人类一样进食、疼痛、嫉妒与愤怒，他们受伤的时候也会流血。而且与人类不同的是，诸神们是希腊人口中的"代蒙"（daemons）一类存在，他们通常并不能被肉眼看见，却又无处不在，能够瞬间移动到很远之外。不过，诸神们行为背后的动机又很容易被人类理解，而且他们的这些动机往往也称不上多值得赞赏。

---

① 宁芙分为以下几支：树宁芙 dryad，泉水宁芙 naiad，山宁芙 oread，海宁芙 nereid。

　　既然神祇们同样也是自然世界的一部分，他们与人类的关系也就与人类与野兽的关系处在同一个连续体当中，相邻的两者相似，但首尾却截然不同，所以那时人与神祇之间的界限并不像今天那样泾渭分明。

　　在神祇和人之间（而神祇创造人类的过程与缘由是下一章的话题）又有着许多其他的存在，他们中的一些（例如萨梯）具备神性的元素但地位又比人类低。不仅仅是下级神，甚至主神们也会满怀热情地和人类繁衍后代。

　　古代人生活在一个充满神祇的世界里，而且新的神祇，甚至是像狄俄尼索斯那样的主神都一直在不断涌现出来。法翁和萨梯在林谷间嬉戏，而那些更为恐怖的生物（例如外貌像吸血鬼一样的夜魔）则会在夜间出没。那些表面上看起来像是人的存在也可能是化装过的神祇、半神或者是神祇的孩子，他们可能正在这样的伪装下外出游历。毕竟人类和神祇可以在任何层面上沟通，和两个人之间的沟通并无任何区别。自然存在与超自然存在之间没有界限，超自然存在本身也是自然的一部分。神话世界还在成形当中，而正如我们将看到的那样，人类也完全地参与到了这一过程当中。但世界万物的秩序已经完成了，它成了一个单一而又拥有条理的整体，或者像希腊人所说的那样，成了一个"宇宙"①。

---

① 原文为 cosmos，在古希腊指的是一个"有序的整体"，也被用来指作为有序整体时的宇宙。

2

潘多拉的子女们：
人类的故事

　　因为神话世界是一个万事万物间存在紧密联系的整体，所以没有任何一个简单的叙事能够原原本本地讲清楚它的始末。人类早在宇宙的秩序诞生时就已出现，而人的故事又和神的故事交织在同一张图案错综繁复的挂毯之上。理清这张挂毯上的众多线头固然困难，但如果我们想要了解神与人之间的互动的话，这么做却又至关重要。人类甚至比有的神祇存在得还要久，因此我们有必要在继续讲述某些神祇与他们各自的故事之前就提前解释一下人类在宇宙中的位置，特别是考虑到人类在大多数类似的故事中都扮演着非常重要的角色。

第一部分
人类的时代

溪谷的边缘静卧着两块要马车才拉得动的巨石。
这巨石的表面呈陶土的颜色，不过却并非
你在那乡野田地间所找到的陶土的颜色，
而只能在沟壑与遍布砂砾的小溪间寻得；
巨石夹着泥土的气息仿佛人类血肉散发出的味道。

当地人说起这些巨石乃是普罗米修斯曾经所选用

用来创造人类的那些陶土的剩余。

鲍萨尼亚斯,《希腊志》第 4 章第 1 节

　　并非所有的提坦都与宙斯敌对。有一位名为普罗米修斯的提坦在战争中成为了宙斯的盟友,他的名字有着"先见之明"与"预先谋划"的含义。在克罗诺斯还统治天庭的年代,普罗米修斯用泥土塑造出了能在大地上直立行走的生物,他将其称为人类。奥维德在他的《变形记》中写道:"(普罗米修斯)用这土和清冽的泉水掺和起来,捏出了像主宰一切的天神的形象。其他的动物都匍伏而行,眼看地面,天神独令人类头部高昂,两脚直立,双目观天。"正如我们接下来将要看到的那样,这种偏爱并不仅仅体现在生理面貌上。

黄金时代

在他生时,黑铁时代就已经终停,

在整个世界又出现了黄金的新人。

维吉尔,《牧歌》第 4 篇第 9 行起

　　最早的人类全都是男性。在赫西俄德描述的"黄金时代"里,这些男人过着禁欲的独身生活。"(人们)没有内心的悲伤,没有劳累和忧愁……除了远离所有的不幸,他们还享受筵宴的快乐……他们拥有一切美好的东西。"这般田园牧歌的生活是如何结束的并不为人知晓,关于黄金时代的结束有着种种很难被统一起来的说法。不过看起来似乎是众神意志的冲突导致了黄金时代的终结,以及并非巧合的,女人的诞生。

愚弄宙斯

　　普罗米修斯想要他的造物拥有最好的东西，然而他同时也认可人类必须向神祇献祭。因此在向宙斯献祭的祭礼上，他宰杀了一头大牛作为奉献。他将祭品分成了两份：一份全是牛骨，然后在上面巧妙地覆盖了满满一层脂肪；而另一份则都是牛肉和营养丰富的内脏，它们被掩藏在牛的瘤胃之下。狡猾的普罗米修斯对宙斯说："伟大的宙斯，请你选择一份作为祭品吧，而剩下的一份在祭礼之后则将被留给人类。"宙斯轻易地看穿了他的伎俩，而且为此大动肝火。然而他还是选择了那一份全是脂肪和骨头的祭品，于是神祇们从此在接受奉献时都将不得不满足于仅仅接受脂肪与骨头。但向神奉献更少的那一份也要付出相应的代价，由于普罗米修斯的放肆，宙斯决定将惩罚降临在他深爱的种族——人类身上。

普罗米修斯偷取火种

　　宙斯裁定人类将无法获得火种的奥秘，而如果没有火种的话人类将一直停留于原始的野蛮阶段，甚至与动物相比也并没有优越多少。但执着的普罗米修斯用一根空茴香杆为自己的被保护者窃得了火种。当宙斯从天庭俯视大地却发现地上的火光与天庭的繁星交相辉映时，他便明白普罗米修斯公然违抗了自己的旨意。

　　宙斯的愤怒无比恐怖。他下令将这位性情温和的提坦神缚在遥远的高加索山之上，又派了一只凶恶的老鹰去日日啄食他的肝

宙斯的愤怒——阿特拉斯与普罗米修斯
受到的极其残酷的惩罚。

脏。不朽的普罗米修斯并不会死亡，而过了一晚他的肝脏就会重新长出来，第二天在剧痛中再次被老鹰啄食。

后世文化艺术作品中的普罗米修斯

普罗米修斯的传说具有自我牺牲、无私奉献、苦难以及救赎等强大主题，因此它在各个艺术领域都激起了广泛的兴趣也并不奇怪。在戏剧和诗歌领域中，珀西·雪莱对古希腊剧作家埃斯库罗斯的《被解放的普罗米修斯》进行了重新改编。20世纪，德国作曲家鲁道夫·瓦格纳-雷吉尼则创作了歌剧《普罗米修斯》。在绘画领域也有很多种对普罗米修斯传说的阐释：从皮耶罗·迪·科西莫创作于1515年的《普罗米修斯的神话》到德克·凡·巴卜仁创作于1623年的《将要被伏尔坎缚住的普罗米修斯》。19世纪的居斯塔夫·莫罗通过表现主义的形式描绘了这一主题，而当时波兰灭国的情境又触动画家贺拉斯·贝内特创作了《波兰的普罗米修斯》，画面上一个斜倚着的波兰士兵正被象征着俄国的老鹰啄食。以普罗米修斯的传说为主题创作的艺术品中最为人称道的是雕塑家尼古拉斯-塞巴斯蒂安·亚当创作的一尊大理石雕像，该雕像现藏于卢浮宫博物馆。

花了雕塑家亚当27年时间才完成的《被缚的普罗米修斯》。

潘多拉

————◆————

在宙斯的命令下，赫淮斯托斯用陶土

造出了一具女人的躯体。雅典娜赐予了她生命，

而剩下的诸神也纷纷送上了礼物。因为

得到了这些礼物她从此被称为（"获赠万物的"）

潘多拉……皮拉是她所生下的女儿。

许癸努斯，《神话指南》第 142 篇

————◆————

盛怒未已的宙斯将怒火又投向了人类。为了伤害人类，他准备了一个"美丽的灾星，来报复人类获得火种"，并为她取名为潘多拉。宙斯身边的其他神祇，尤其是几位女神们，为赫淮斯托斯的这件造物准备了许多礼物作为嫁妆，希望这些礼物能够减轻宙斯的报复所带来的危害。不过潘多拉收到的这些礼物需要经过驯化才能为人类所使用，这些礼物被潘多拉收在一个瓮当中，后世的人们将它重新命名为"潘多拉的魔盒"。

不过宙斯给了潘多拉一件足以抵消其他神祇们一切努力的礼物：无法压抑的好奇心。潘多拉一来到地面上就迫不及待地打开了盖子，想看看到底有哪些礼物。容器中的那些造物一下子就飞了出来，这些

潘多拉从大地中诞生。

未经驯化的造物立刻就变成了折磨人类的绝望、嫉妒、无尽的疾病与虚弱。唯一被关在瓮中没有飞出来的是"希望"，它被困在"瓶口之下牢不可破的瓶腹"当中，因此人类还有机会去驯化"希望"并与之交友，就像瓮中的其他造物本来要做到的那样，但要如何去驯化它们，我们就无法想

象了。

赫西俄德用他那暴躁而不可原谅地厌女的腔调说道："（潘多拉）是妇女这个可怕族类的始祖，她们和会死的凡人生活在一起，给他们带来不幸，只能同享富裕，不能共熬可恨的贫穷。"而宙斯又的确分外狡猾，这还不是唯一的灾难：毕竟"有谁不愿结婚，到了可怕的晚年就不会有人供养他"。

后世文化艺术作品中的潘多拉

潘多拉的故事在绘画、雕塑与音乐领域一直被频繁用作主题并不让人惊讶。下面是其中的一些著名作品：热纳罗·乌尔西诺 1690 年的歌剧《潘多拉》，昌西·布莱德利·艾夫斯 1864 年完成的大理石雕塑，在绘画领域，从 16 世纪 50 年代的让·卡辛到 19 世纪的劳伦斯·阿尔玛－塔德玛，J. W. 沃特豪斯、保罗·塞萨尔·加略特，还有不计其数的现代画家都曾经以潘多拉为题。

无论在地上还是天上，人们都能看到潘多拉的存在：土星的一颗卫星、一颗小行星，还有加拿大在北极圈内的一座岛屿，以及分别位于俄亥俄州和得克萨斯州的两个小镇都以潘多拉为名。除此之外，还有英国皇家海军自 1779 年至 1942 年期间服役的一系列战舰，天蛾的一个亚种以及一家出版社也以潘多拉为名。潘多拉故事本身引发的丰富联想也使得这个名字始终为流行乐、畅销书以及电影标题所偏爱。（例如史密斯飞船乐队的专辑《潘多拉的魔盒》，德国电影《潘多拉的魔盒》，畅销书及其改编电影《潘多拉航班》，还有布莱斯力量乐队的《潘多拉的人马》。）潘多拉的名字还常见于科技革新或者科幻作品中，比如著名科幻电影《阿凡达》中的星球名字就叫作潘多拉。

白银时代

————◆◆◆————

潘多拉无意间释放的邪恶之流将世界带入了白银时代——顾名思义，白银时代与黄金时代相比要略逊一筹。孩童们被父由母亲带大，直到作为成人步入世界之前都被母亲的围裙带小心翼翼地拴着，（因为成长过程中受到了过多的女性因素影响）而不能保持对神祇的信仰与对彼此的信任。同时暴力、肆无忌惮的背叛和渎神行为横行于世，即便是已经长成的孩子离开母亲的庇护也活不了多久。最终宙斯把这一代人类视为完全的失败，从大地上彻底抹去了。

青铜时代

————◆◆◆————

接着白银时代到来的是青铜时代，一个战乱的年代。这个时代的战士几乎从不脱下自己铜制的铠甲，一些后世的诗人把他们描绘成青铜做成的战士。战火连年不息，即便是执掌战争的神祇阿瑞斯（参见本书91页）也不得不承认，虽然战争令他愉悦，但这种好事来得也委实太多了。剩下的神祇们，尤其是强大的宙斯早已厌烦了这个时代，他们甚至怀疑可能不待宙斯动手抹去这个种族，这些不眠不休的战士就会在互相厮杀中消灭彼此。

他们差点就这么做了。按照赫西俄德的说法，他们已经完全被自我毁灭的欲望所驱使，不过这带来了新的疑问：如果这样，为什么宙斯还是亲手实施了他摧毁人类的计划。在所有神话故事作者的叙述中，毁灭都是这样上演的：众神之王掀起了一场巨大的洪水，把所有的人类从大地上抹去。而在一些版本的故事中，一位国王不合情理地认为献祭自己的儿子会取悦宙斯，事实上宙斯对此大为惊骇，这也成了压垮骆驼的最后一根稻草，让宙斯最终决定消灭人类。

丢卡利翁的方舟

虽然普罗米修斯承受着永无休止的酷刑，然而他还是在密切关注着世界，关注着他的造物，尤其是他的儿子丢卡利翁的动向。丢卡利翁和潘多拉的女儿——红发的皮拉结了婚。神祇的儿女都十分长寿，很明显这对夫妇活过了充满怨毒的白银时代与凶暴的青铜时代。普罗米修斯决定搭救他们于洪水之中，所以他让丢卡利翁提前造好一座方舟，凭借着方舟他们夫妇二人安然渡过了洪水。最终洪水退去，丢卡利翁和皮拉发现他们的方舟着陆在一座山峰上。丢卡利翁和皮拉所到达的到底是哪座山峰在后来一直争议不断，西西里人、哈尔基斯人和塞萨利人都声称自己家乡的秀丽风景应该获取这份殊荣。不过一般认为，丢卡利翁着陆的

过去与现在的断代方式

一个有趣的巧合是，现代考古学家们口中的"铁器时代"与古希腊传统中的黑铁时代晚期（也就是古典时代早期）有大部分时间是重合的。被古代人称作英雄时代初期的则是考古学意义上的青铜时代。而如果神话中的那些英雄表现得就像缺乏自制的青少年一样，那很可能是因为他们本身的确处于这个年龄段。考古学证据显示，那些后来被当作英雄神话原型的青铜时代贵族通常都有短暂而荡气回肠的一生。尽管其中一些人还是能活到六十多岁，不过大多数都与死亡如影随形，被早早地夺去了性命。而对于女性来说，十三岁生子，二十多岁抱上孙子，三十多岁去世也是常事。

地方应该是德尔斐附近的帕尔那索斯山，德尔斐原本是阿波罗的夏季居所，日后成了他神庙的所在地。

黑铁时代：人类的重生

宙斯看到了自己神罚的毁灭性后果后多少也平静了下来，因此他向从洪水中幸存的丢卡利翁夫妇发出了一条神谕："保护好你们的头颅，然后向着身后抛洒你母亲的骸骨。"起初丢卡利翁和皮拉陷入了困惑当中，因为他们已经不知道潘多拉的遗体在何处了，不过不久他们就意识到神谕中提到的母亲实际上是万物之母——该亚，而她的骸骨就是地上随处可见的石头。随后丢卡利翁和皮拉按照神谕说的那样向身后抛出石头，石头一落到地上就开始变软，并且渐渐长成人形。丢卡利翁投出的石头变成了男人，而皮拉投出的石头变成了女人。就这样，黑铁时代的第一代人类诞生了，日后他们的人生事迹将会成为神话传说的主干。

英雄时代之后就是最早编撰神话故事的吟游诗人荷马和赫西俄德的时代。当然称这个年代为黑铁时代并不是因为这个时代开始使用铁器——即便是到了荷马的时代青铜还在被广泛使用着——"黑铁"时代这个名字，更多地只是在表示，与"黄金""白银""青铜"时代比起来，这个时代相对平庸了很多。

那些生活在几个世纪之后的黑铁时代晚期的人（有位历史学家沉痛地将其称为铁锈时代）认为他们生活的世界已经完整且井然有序了。最后一批怪物也已经被最后的英雄杀死，尽管神祇以及其他超自然存在还对人类饶有兴趣，但他们也不再亲自干预人类的事务，而是通过个别人或自然事物等媒介间接影响人们的日常生活。

对那些生活在公元前7世纪之后的人来说，世界早已成熟，甚至可以说走向了老化。没有人猜测黑铁时代之后会是什么时代，因为他们觉得自己无须多想这个问题，黑铁时代的人们相信，这个时代结束后，世界将走向毁灭与终结。

第二部分
神话中的地理景象

◆━━◆◆━━◆

神话对于希腊化世界的影响之大，只需瞥一眼地图册就能明白。事实上，希腊化的（Hellenistic）和地图册（atlas）两个词语都源自希腊神话中的人物：赫楞（Hellen）与阿特拉斯（Atlas）。

希腊人（The Hellenes）

我们先前已经提到过，丢卡利翁夫妇是如何在大洪水中幸存下来，并使人类重新繁衍生息的。他们的儿子名叫赫楞。赫楞的后代起初定居在塞萨利，后来又分散到了一整块被称作海拉斯（Hellas）的地方，这个名字一直保留到了今天。

希腊世界中的其他区域有些也是根据丢卡利翁的孙辈以及更远的后代的名字命名的。

多拉斯（Dorus）向南迁徙，从他的名字中衍生出了多里安人，这个民族中包括了后来的斯巴达人。（还有一种建筑风格"多立克柱式"也因多里安人而得名，以这种风格建造的最著名的建筑就是雅典的帕特农神庙。）

苏托斯是伊翁（Ion）之父。（不过还有说法称伊翁是他的养子，而其生父是阿波罗，阿波罗引诱了苏托斯的妻子克瑞乌萨，使她生下了伊翁。）伊翁曾经领导雅典人在战争中取胜，因此雅典人后来自称为爱奥尼亚人（Ionians）。不仅仅只有雅典人以伊翁为名，爱琴海诸岛以及小亚细亚地方的人也将他们的家乡称为爱奥尼亚。

福玻斯神呵！德洛斯圣岛上的人最讨你的欢心，
因那里身着长袍的艾奥尼亚人带着羞赧的
妻儿，从四面云集而来，只为一睹你的荣光。
荷马献给阿波罗的祷歌第 2 章第 145 行起

和"多立克柱式"一样，"爱奥尼亚柱式"风格也是经受住了历史考验的一种古典建筑风格，这一点你只需要看一下那些著名建筑物的立柱就可以确定了：伦敦的大英博物馆和华盛顿的美国财政部大楼都是经典的"爱奥尼亚柱式"建筑。

阿凯乌斯（Achaeus）是雅典以西的希腊人的祖先，他们因此得名亚该亚人（Achaeans），亚该亚人主要由阿尔戈斯人和迈锡尼人构成，因此荷马也称特洛伊战争为特洛伊人和亚该亚人之间的战争。后来这些自称阿凯乌斯后人的亚该亚人与自称赫楞另一个儿子埃俄罗斯后人的埃托利亚人进行了连年苦战，这些埃托利亚人生活的区域在塞萨利南部与希腊遥远的东部角落。

一个产于公元前 6 世纪的双耳陶罐上赫尔墨斯偷走母牛伊娥的画面。

伊娥的后代

在有记录可考的年代之前，希腊文化就已经在地中海东部地区广为传播了。尽管按照今日的观点，这可能是由于战争和贸易路线的开拓导致的，不过古希腊人将此归功于一位阿尔戈斯公主伊娥。根据神话，伊娥的子女不仅帮助塑造了一些希腊城邦的雏形，也影响了周边的许多其他国家。伊娥后代构成的庞大的家族树最终将和另外两支家族树所交融，共同构成希腊的神话世界，这另外的两支分别是阿特拉斯和赫楞的家族。

在被变成一头母牛后（参见下面的专栏），伊娥穿越海峡游到了小亚细亚，而她穿越的那条海峡后来被命名为博斯普鲁斯海峡，"博斯普鲁

宙斯和伊娥

如果你是一位生活在早期世界而又很不幸地姿色过人的公主的话，那么你生活中的威胁之一便来自宙斯，那时世界上的人类还并不算多，而宙斯格外热衷于引诱美丽的公主来为人类增添后代。在小心翼翼地用云遮住阿尔戈斯好不让赫拉发觉之后，宙斯占有了伊娥。不过很快赫拉就驱散了云层准备前来问罪，宙斯立刻把伊娥变成了一头白色的母牛。不过疑窦丛生的赫拉并没有就这么轻易地相信宙斯，她要求宙斯将这只母牛送给她，而宙斯为了不使自己的伎俩暴露只能答应。赫拉命令百眼怪阿耳戈斯看管这头母牛，以便好好盘查它的来源。不过宙斯派赫尔墨斯去偷走了伊娥，而且还在过程中杀死了阿耳戈斯。赫拉把阿耳戈斯的一百只眼睛放在了自己的圣鸟孔雀的尾巴上，又派出了一只大牛虻去折磨伊娥，让她不得安生。

斯"的原意即为"牛穿过其间的"。伊娥发现自己在东方也无法安顿下来之后，转而游向了南方，最终在那边生下了腹中一直怀着的宙斯的儿子。她到达的这个国家最终以她的一位后代，国王埃古普托斯（Aegyptus）命名，也就是埃及（Egypt）。（伊娥还有另一位也受到宙斯临幸的后代——欧罗巴，欧洲便是以她的名字命名。）

特洛伊战争中阿尔戈斯人的国王阿伽门农（参见本书191页）也是伊娥的后代珀罗普斯的后人，珀罗普斯原本是吕底亚人，后来移居到了小亚细亚，珀罗普那索斯半岛就是以他的名字所命名。

伊娥的后代中还出现了其他几位英雄人物，其中最著名的要数珀尔

达那俄斯的女儿们

伊娥的另一位后代，达那俄斯（Danaus）回到了他祖先的故乡，成了阿尔戈斯城邦的国王。他生下的许多孩子全都是女儿，而埃古普托斯国王则生下了五十个儿子，因而埃古普托斯国王打起了让儿子们迎娶达那俄斯的女儿们的主意，希望以此吞并阿尔戈斯，来扩张他已经足够庞大的帝国的版图。达那俄斯假装没有识破埃古普托斯的诡计，在他的命令下，他的女儿们在新婚之夜杀光了自己的丈夫（除了许珀尔涅斯特拉，她真的爱上了自己的丈夫）。达那俄斯的女儿们后来嫁给了阿尔戈斯的青年。所以到了特洛伊战争的时候，"达那俄斯的"（of Danaus）和"阿尔戈斯的"（Argive）几乎是同义词。这也是为什么如今的谚语：小心敌人的糖衣炮弹（例如特洛伊木马）在拉丁语中的版本就是"我警惕希腊人，尽管他们是带着礼物来的"（Timeo Danaos et dona ferentes），如果把这句话直译过来的话就是：我害怕达那俄斯的女儿们，哪怕他们是带着礼物来的。

修斯和赫拉克勒斯，后者在地理研究中地位举足轻重，因为有很多古代城镇为了纪念这位半神的英勇事迹都起名为赫拉克利亚。这些城镇中的一个名为赫库兰尼姆（Herculaneum，"赫拉克利亚"的罗马版本），在维苏威火山喷发时，与庞贝古城一道被泥石流掩埋。

特洛伊和亚洲

普罗米修斯的兄弟，提坦阿特拉斯则命名了一座北非山脉及其中的一座主要山峰。正是他带领着巨人掀起了对宙斯的反叛，作为惩罚，宙斯为他安排了用双臂支撑天空的任务。

在进攻天庭之前，阿特拉斯生了一些孩子，其中就包括普勒阿得斯七仙女，后来她们变成了昴宿星团（the Pleiades，参见本书87页），他还有一个女儿，名叫狄俄涅。七仙女中的厄勒克特拉生有达尔达诺斯，后来的

现藏罗马的法尔内塞－阿特拉斯像。

罗马行省达尔达尼亚就以他的名字命名。达尔达诺斯是后来建立了伊利乌姆城（也就是我们今天所说的特洛伊）的伊罗斯的先祖。一些人认为特洛伊附近的达达尔海峡也是以他的名字命名的，在第一次世界大战时此处曾发生一场极度惨烈的战役。

阿伽门农的祖先珀罗普斯是狄俄涅的后裔，所以某种程度上可以说特洛伊战争是一场家族内战（尽管两家的亲缘已经非常遥远）。后来，罗马人把特洛伊人埃涅阿斯奉为他们的祖先，由埃涅阿斯可以上溯至达尔达诺斯，最终追溯到阿特拉斯。阿特拉斯的母亲是克吕墨涅，不过根据有的说法，他的母亲其实是亚洲女神（Asia）。希腊人眼中的亚洲基本上只相当于今天土耳其的一部分，不过现代词汇中

的亚洲已经是世界上人口最多的人类栖息地了。

第三部分
人类的旅程

————◆◆◆————

对于古希腊罗马人来说，人的灵魂和神的灵魂一样，不朽且不可摧毁。不过另一方面，人类的肉体却令人苦恼地终有一死。即使神祇不想让你拥有一个轰轰烈烈的结局，你也终究要面临朽烂和死亡的命运。不过对于古代人来说，死亡不过是意味着灵魂在其发展过程中步上了另一层台阶而已，正是这样的观念才使得古典神话与宗教融为一体，事实上我们应当意识到古代世界的神学是一种和我们今天接触到的那些宗教一样清晰、富有逻辑而又高度成熟的信仰体系。万事万物中再没有什么比每个人从生到死的旅程更能明确地显示出这一点了。

在人世的生活

在古典神话中，所有的造物在被造之时都被注入了神的精气。公元1世纪的罗马诗人维吉尔在《埃涅阿斯纪》中将这一切表达得再清楚不过了：

————◆◆◆————

从这元气和心灵产生出人类和兽类，
一切飞翔的生物和平滑如大理石一般的
海面下的各种奇异的族类。
它们的种子的生命力有如烈火一般，
因为它们的源泉来自天上。
《埃涅阿斯纪》第 6 章第 725 行起

————◆◆◆————

　　不过尽管人的灵魂受到过天庭的祝福，但他的肉体还是由普罗米修斯用大地上的泥土塑造的。尽管人类若是想在世上历练，度过一生就必须需要一副肉体，但是对灵魂来说，身体也是"一间暗无天日的牢房"。灵魂被困在躯壳之中，只能通过简单粗糙的肉体去感受外在的现实，而且灵魂会时常受到世俗之身的粗鄙欲望与一时的狂热支配。正如柏拉图那个著名的比喻：人对现实本质的感知就像是外部世界投射在洞穴墙壁上的影子一样。灵魂在肉体中朽坏，而后在冥界才得以缓慢净化。

　　希腊神话中的冥界并不像地狱那样，专为苦难与惩罚而设。人在现世的所作所为当然会影响在死后世界的遭遇，不过总的来说，古典世界的这方面观念与同时代以及后来的许多文化相比，审判意味可以说轻了许多。可能这有部分原因是人还在母亲子宫中的时候，他或她的命运就已经被恐怖的莫伊拉姐妹所决定了：克罗托纺织生命之线，拉克西丝丈量线的长度。（莫伊拉们是夜神的女儿，又被称作命运三女神，不过这个词在希腊文中原本的意思更接近于"分配者"。）由于命运女神们的存在，人在尘世中要经历的一切基本早已注定，真正重要的是：人不朽的灵魂要如何去面对命运加在他身上的诸多苦难。

　　不过更进一步说，古希腊人认为人的性格在出生的一刻也已经决定好了，命运女神正是通过这种方式来影响人走上他命中注定的人生之路的。人类唯一能做的就是假定自己拥有与生俱来的高贵品质，在经历命运的考验时始终忠于自己的人格（大多数英雄的人格都是通过一场异常严酷的试炼所体现，这点在希腊悲剧中尤为明显）。简而言之，衡量你人生的不是你在一生中成就了什么，而是你的一生能否一直坚守自己的高贵人格。在这点上，古希腊罗马人对生而为人的意义有着独到的见解。成功或失败都是命中注定的，将要降临的命运只要你不辞辛苦求到神谕就能提前知晓，真正重要的是你要如何面对这样的命运。

　　对于古代人来说，灵魂在尘世的逗留就好比在健身房经历了一番高强度的锻炼。生命不过是一段短暂的时光，在难以承受的重压下，要么

提托诺斯以及永生的危险

凡人们不倦于使用诡计去摆脱死神，不过大多数这样做的人都没什么好下场。黎明女神厄俄斯曾经请求宙斯给自己的人类情人提托诺斯以永生。所以提托诺斯不会死亡，但他依旧会逐渐衰老，并在衰老中变得干瘪、萎缩，最终他变成了世界上的第一只蚂蚱。因为永生一旦赋予就无法被收回，所以现在他大概还在某个地方作为蚂蚱跳来跳去。

你会成为更高尚的存在，要么你会被生命彻底压垮。当你在人世的时间到了的时候，你将不得不离去。古典神话中的第三位命运女神会剪短生命之线，让你的生命就此走到尽头。她的名字叫阿特洛波斯（Atropos），希腊文中的意思是"铁面无私的"，不过这个名字现在已经属于颠茄中的剧毒物——阿托品（atropine）了。

死后世界

你的睡眠使灵魂脱离身体的拥抱，
当你斩断自然的强大联系，
使生者深陷漫长永恒的梦。
你一视同仁，但偶尔也不甚公正，
当你使青春年少的生命突然凝固。
众人的命运只在你那里完成，
因哀求祷告都不能使你感动。

俄耳甫斯教祷歌 86，致死神

对于古希腊罗马人来说，死亡只是一个新的开端。如果死者的亲属做完了一切当做的事，也布置了妥帖的葬仪，那么死者就会被庇佑跨越边界者的神赫尔墨斯接走。赫尔墨斯会把死者引到隔开现世和冥界的大河旁才离开，而想要进入冥界的死者必须要渡过这条河。

◆◆◆

守卫这段河流的艄公，面目可怖，衣衫肮脏褴褛，他叫卡戎，

下巴上一部浓密蓬乱的灰白胡须，两眼炯炯有光，

如同冒火一般，一件污秽的外罩打一个结挂在肩上。

卡戎亲自撑杆掌船，操纵船帆，用他这条铁锈色的渡船超度亡魂。

《埃涅阿斯纪》第6章第290行起

◆◆◆

冥府的艄公卡戎，是尼克斯和厄瑞玻斯这两位夜神生下的孩子（参见本书第4页），因此他也是一位神祇。他是宙斯的兄弟哈得斯的仆人，曾经有一次尚在人世的赫拉克勒斯强迫卡戎驾船拉他渡过冥河，因此暴怒的哈得斯用锁链缚住了卡戎整整一年。坐卡戎的渡船并不是免费的，河岸上挤满了那些因为没有得到正常的安葬而交不起船费的亡魂。（古希腊人会在尸体身上放一枚小银币，通常放在眼睑上或是口中。）我们并不知道卡戎收下这些银币之后会拿来干什么，看上去修理渡船或打理形象并没有占他预算的大头。

很多人都相信分开生死两界的那条河就是传说中的斯堤克斯河（斯堤克斯在希腊文中是"令人憎恶"的意思），不过还有一种说法说这条河流实际上是希腊西北部的阿刻戎河。人们之所以认为这条河是从大地流向冥府是因为在河的源头附近有一系列地势险峻的峡谷，而河水要经过这一连串峡谷垂直下落。古希腊人认为在这个过程中，河水的一些支流就这样直接冲入了冥府，而剩下的那些则安然汇入了海洋。

活人想要进入冥界并不容易，因为冥府的入口由巨大的三头犬——

后世文化艺术作品中的卡戎

卡戎这个意象是如此强大，以至于米开朗琪罗于 1537 年到 1541 年间完成的基督教主题画作《最后的审判》（现藏于西斯廷礼拜堂）中都包含了他的形象。这幅画中的卡戎某种程度上是以他在但丁《神曲·地狱篇》中的形象为蓝本的，而《神曲·地狱篇》是用基督教的视角描绘对古代神祇哈得斯的一次拜谒。在下面的一些作品中，卡戎保持着在希腊神话中的原本形象：皮埃尔·苏贝利亚斯作于 18 世纪 30 年代的《冥府渡船夫》，还有现藏于马德里普拉多美术馆的约阿西姆·帕提尼尔的那幅作于 1515—1524 年的杰作《卡戎渡过冥河》。不过在现代，他应该是因为克里斯·蒂伯 1982 年的那首流行单曲《不要付给船夫钱》而最为人熟知。

卡戎，米开朗琪罗《最后的审判》中出现的唯一一个神话人物。

刻耳柏洛斯把守。如果活着的人失足闯入了他所看守的大门，刻耳柏洛斯会确保他尽可能快而狼狈地加入死者的行列。

死者的鬼魂

欧罗巴（参见本书 31 页）的儿子弥诺斯生前曾以立法者的身份而闻名，在他死后他成为了冥府的判官。他仲裁死者间的争端，不过还有人说他同时也参与对新来的魂灵去向的筛选。不是所有人的魂灵都会来到哈得斯的大殿。一些魂灵会继续自己的旅程，前往受到诸神庇佑的岛屿——极乐之地。这片土地是为那些在尘世证明了自己的荣耀与高尚的英雄所预留的，当他们在尘世的旅程一经结束，就将被迎入此地。除了被邀请加入诸神的行列之外，对于凡人来说这应当是最好的归宿了。

另一方面，还有一些人生前的作为玷污了自己的出身。因为人的灵魂和神的一样不可摧毁，即便是神祇也无法毁灭这些堕落的魂灵。因此他们最终被投入了塔耳塔洛斯这个巨大的垃圾堆当中。他们在那里和巨人、提坦以及其他永远不能再踏上大地的怪物囚禁在一起。

大多数人类最终在冥府中都化为了鬼魂（shade）的形态。鬼魂与死者本质上是同一个人，只是停驻在一种十分虚弱的形态当中。鬼魂们还能记起，甚至是十分渴望着尘世的强烈知觉与情感。只要举行正确的仪式就能将鬼魂从冥府唤出，鬼魂甚至可以和生者交谈。奥德修斯就曾经为了寻求建议召唤出了鬼魂，他把祭物身上的血倒入事先挖好的一个小坑中，以此来供奉死者。

———◆◆◆———

我拉过献祭的公羊和母羊，对着深坑

把它们宰杀，乌黑的鲜血向外涌流

故去的谢世者的魂灵纷纷从昏暗处前来。

有新婚的女子，未婚的少年，年长的老人，

无忧虑的少女尚不知悲伤为何物。

《荷马史诗·奥德赛》第11卷第20行起

向鬼魂寻求建议很可能用处有限，毕竟鬼魂的头脑也如他们的身形一般虚弱，不过所幸他们一般还都保有生前清晰的记忆。那些曾拥有最波澜壮阔的人生的英雄到了哈得斯苍白而乏味的冥府也受罪最苦，就像阿喀琉斯在冥府中那段著名的哀诉一样："我宁愿为他人耕种田地，被雇受役使，纵然他无祖传地产，家财微薄度日难，也不想统治即使所有故去者的亡灵。"

人在冥府中的时间长短也是不固定的，一些古代的先哲认为大概需要一千年来涤清随着肉体堆积下来的世俗欲望和人类情感。不过具体的时间依据的主要是死者之前经历的人间生活的质地。

一个堕落的人需要很久才能滤清灵魂中的污染物，而虔信苦修者却只需要简单地清洗一下自己的灵魂就可以了。不过对于所有人类来说，在冥府中驻留的时间都要远远超过在尘世的寿命，事实上哈得斯的冥府，而非地面上的世界，才是人类真正的家园。

冥府中的俄耳甫斯

俄耳甫斯是缪斯女神中主司史诗的卡利俄珀的儿子。他跟随阿波罗（参见本书80页）学习里拉琴，据说他弹奏起里拉琴时甚至连树木和岩石都会倾听他神圣的琴声。他狂热地爱着自己的妻子欧律狄刻，在欧律狄刻死后俄耳甫斯悲痛万分，最终他决定前往冥府将爱妻救回来。他的琴声甚至感动了路上的卡戎和刻耳柏洛斯，最后通过一曲哀歌他向哈得斯和珀耳塞福涅婉转地表达了自己的祈愿。

冥府可怖的统治者最终同意让欧律狄刻跟随他离开冥府，不过他要求俄耳甫斯在这个过程中不能回头看欧律狄刻哪怕一眼。不过就在俄耳甫斯就要离开冥府的时候，他突然觉得这个要求可能只是为了哄骗他不声不响地离开。所以他向后瞥了一眼，想看看欧律狄刻是不是确实一直跟随着他。欧律狄刻的确跟随着他，不过在他瞥到的那一瞬间他和哈得斯的约定就不复存在了，善妒的哈得斯立刻就夺回了欧律狄刻。从此俄耳甫斯再也没能和她相见。

俄耳甫斯在后来的几个世纪中成为了一支名为俄耳甫斯教的异教团体的奠基人。这个宗教的信徒留下了许多献给神的动人祷歌：

白天黑夜，在短暂时日，求你永听

我的祈祷，赐我以丰盛的和平，

富饶并健康，还有美好的季节，

创始艺术、众所尊崇的明眸神后！

俄耳甫斯教祷歌 31，致雅典娜

俄耳甫斯用琴声打动野蛮的刻耳柏洛斯。

后世文化艺术作品中的俄耳甫斯

把另一位音乐家的事迹改编成歌剧——奥芬巴赫怎能抗拒这种诱惑？《冥府中的俄耳甫斯》最早演出于 19 世纪 50 年代，是一出将原故事进行了彻头彻尾的法国化改编的轻歌剧，巴黎人通过这出剧目第一次接触了以高踢腿为特色的康康舞。蒙特韦尔迪于 1607 年创作的歌剧《俄耳甫斯的传说》相比之下无论在内容还是精神上都更忠于原本的神话。在雕塑领域，以俄耳甫斯和欧律狄刻为题材的作品有：安东尼奥·卡诺瓦 1775 年完成的雕塑以及巴乔·巴丁内利文艺复兴时期的雕塑《俄耳甫斯》，后者现藏于佛罗伦萨。在绘画方面，这一题材的作品有：尼古拉斯·普桑作于 1650 年到 1653 年的《俄耳甫斯和欧律狄刻》，而与之同时代的阿尔伯特·库普在约 1640 年开创了日后非常流行的"俄耳甫斯迷住动物"的绘画主题。

普桑杰作中欧律狄刻跟在俄耳甫斯身后的场景。

重返尘世

---❖❖---

你将在哈得斯的左边看见一汪泉水，

……你要说："我是大地和布满星辰的广天的孩子，

我是神的后代。这点你们都知道。

我如此干渴，我已死，快些给我

流自谟涅摩叙涅的清澈泉水吧。"

意大利佩梯利亚古墓中的铭文

---❖❖---

　　最终每一个鬼魂都会被带入死后世界遥远的尽头，遗忘之川从石头上涓涓流淌，而夜神尼克斯将这里当作她的居所。

　　柏拉图设想这里有一段供鬼魂临时停驻的地方，斯芬克斯主管着这个地方，并为鬼魂选定来生的角色。不过这里进行的选择有着运气的因素，正因为生命中运气（lottery）因素的存在，所以我们才会将命运称为lot。并非所有人都适合每一种命运。一些刚刚由动物转生的人可能需要较为轻松无压力的人生（我们至少都接触过一两个这样的人），而前生曾经当过人类的鬼魂可能渴望过着安定的田园生活，如果这样，它就可能被转生成某只在牧场里安然吃草的牛。

　　那些未经世事的鬼魂可能会乐于转生为国王或者僭主，其他的鬼魂则会选择短暂的人生，充满痛苦与喜悦，以及精神上的满足。柏拉图告诉我们，曾经历尽艰险的奥德修斯转生时选择了作为普通人的太平生活。

　　所有鬼魂都将饮下忘川的水。一旦喝下他们就会立刻丧失前世的记忆。他们的灵魂最终重归纯净，前世的情感与罪恶都被涤清，无论怎样的过去都会被抹消，但前世经历在他们的人格上印刻的痕迹却仍然保留了下来。他们的灵魂将陷入沉睡，醒来的时候将以孩童的姿态重返人世，

遗忘女神

遗忘之川（Lethe）被人格化成了厄里斯（参见本书 121 页）的女儿，执掌遗忘的女神。她使人忘却一切的神力使得她在现代诗歌中成了一个影响巨大的意象。化合物乙醚在现代生活中经常被用作麻醉剂，而它最早的时候就被称为 Letheron。

忘川水鸡尾酒的配方

第一步

加入两盎司（约 60 毫升）琴酒
一盎司（约 30 毫升）草莓酒
二分之一盎司（约 15 毫升）橘汁
二分之一盎司（约 15 毫升）菠萝汁
一茶匙极细砂糖

第二步

加冰后猛烈摇晃，然后倒入鸡尾酒杯饮用

第三步

重复上述步骤直到你醉到记不得自己的名字，或者已经拿不起酒杯了。

补充说明：过量饮用的话，会有最后去喝真忘川水的危险。

而新的历程在等待着他们。

一些希腊教派宣称只要不饮下忘川水，转而去饮旁边记忆女神谟涅摩绪涅的泉流的话，人在重返尘世的时候就能继承前世的记忆。

3

伟大的诸神：
第一代神祇

在我们将这些伟大的古老神祇作为个体人物来介绍之前，首先需要了解他们究竟是什么。如果仅仅把他们当作怨毒而又容易冲动的超自然存在的话，我们是无法了解这些神祇的本质的。神祇在古代人的眼中并不是一群拥有超凡力量的人类，而是有着人性面向的自然力量。每位神祇都掌管或象征着至少一种自然力量，在我们接触奥林匹斯的第一代神祇之前，有必要详考这一观念。

神祇的本质

对于古希腊罗马人而言，不信神就像你在快要坠地之前还不相信地心引力的存在一样，不仅古怪，而且没有任何意义。神祇的存在和你的信与不信毫无关系。

例如，只要把完好的种子埋进温暖湿润的土壤就会发芽，如果生长条件良好，最后还会长成植物。今天我们把其背后的原理称为"遗传编程"，但是在古希腊，人们会把这当作德墨忒耳女神（在古罗马则被称为刻瑞斯）的功绩。无论你相信哪者都不会对植物的成长产生什么影响。

与此相似，无论我们相信与否，一年四季都还是在正常交替。只不过在古希腊人看来，这是宙斯的一种显现，即秩序规则的显现。到了打扫房间的时候，你把花瓶和配饰在壁炉台上摆得整整齐齐。你打量着花瓶，感觉它们匀称的间距和整齐划一的方向具有美感。别忘了，在古希腊人看来这也是宙斯的功劳。

如果你从噩梦中醒来的话，你会首先告诉自己刚刚梦到的一切要么不是真的，要么也没有什么直接威胁。不过古希腊人会告诉你，你这么做是在向掌管理性思维的雅典娜女神祈愿。而如果你因陷入爱情而失去理智，他们就会认为你是受到了爱神阿佛洛狄忒的影响。

换句话说，古希腊与罗马的这些神祇所象征的力量都是真实存在的。唯一的问题在于他们是否具有自觉的意识，是否拥有智性，并热衷于插手凡人的事务（这个问题也吸引着古代的那些智者）。不过在觉得它荒诞不经之前，别忘了几乎所有主流宗教的神祇都是自觉、拥有智性且对人类事务饶有兴趣的，在这点上古希腊多神教没有那么不同寻常。

所以古希腊神话并不该被当作一系列迷信和漫画式超级英雄的结合体，它是一套真正的信仰体系，与其他所有人类尝试与神祇沟通、相处的努力一样令人敬重。毕竟即便是《旧约》中的一些精彩的篇章，对其语境之外的非基督徒恐怕也会显得古怪。

古希腊神话的难题

所以我们又应当如何理解奥林匹斯主神们在神话中扮演的角色呢？在古典宗教当中，神祇往往是宇宙中原初力量的具象化，因着他们的力量才有了日出日落与河水的自然奔流。神祇主持公义，监督万物各得其所。然而在古典神话中神祇又显得愚蠢而聒噪，对其他神祇与人类残忍无情，对仇怨的热衷无休无止。

难题的解决方式

在这种表面上不协调的背后，实际上人们关心的是人与神祇之间那个古老的问题：本应公正而慈爱的神为什么会坐视善人蒙难而无动于衷。

当然古希腊罗马人可以部分地回答这个问题：说他们的神并没有那么慈爱（宙斯对其女性伴侣倾注的"爱意"显然不算）。除此之外，正

宙斯和塞墨勒

塞墨勒是宙斯的一位女祭司，样貌动人。宙斯很快就被她迷住了，他以凡人的形态出现在塞墨勒面前，不费什么工夫就引诱了她。当塞墨勒怀上了宙斯的孩子之后，她终于开始怀疑自己是不是被一个花言巧语的人类所欺骗。塞墨勒诱使宙斯许下了满足自己下一个愿望的诺言，之后要求宙斯显现出真身。于是宙斯只好不情愿地现出了真身，在宙斯显现时那光芒万丈的雷光下，塞墨勒立刻就被烧成了灰烬。

狄俄尼索斯与他的母亲塞墨勒共举一只高脚酒杯。

如我们在第二章已经提到过的，古希腊罗马人认为个人不可变更的命运并不由主神们决定，而是掌握在命运三女神的手中。

不过不管怎样，大多数古代世界的居民们还是希望，甚至强烈请求天神能在凡人的命运上稍微通融一下，时不时地为了某些品质高尚的人改变一下自然的铁则，为他们留下一条生路，而不是将他们交给盲目而不容变通的命运。

我们已经知道每位天神都有自己独特的属性，通过这些属性可以区分自己所具有的不同神力与担负的不同职能。因此为了与人类打交道，每位神祇也都具有一种人类所具有的（性格）属性，而作为人性特质，这样的属性中存在很多不讨喜的地方。然而这样的属性是不能展现出神的完全的本质的，就像宙斯化作凡人对塞墨勒显现时并没有完全地显示出他作为神的真正存在一样。（事实上，正如我们以后将要提到的那样，塞墨勒似乎是命中注定要见到宙斯显现真身，并因此遭雷击而死，因为只有通过她的死，"三次出生"的狄俄尼索斯神才能降生到这个世界上，参见本书 102 页。）

那些关于他们的感情生活、嫉妒、彼此间的摩擦与偏爱的故事，远非古代诸神的全部生活。不过正是这些关于诸神的私生活的故事吸引了我们的注意，毕竟作为人类，我们会被诸神所展现出的人性一面所吸引。而古人也会将世上可能遇到的绝大多数糟糕的事情归结于诸神具有的这些人性弱点，认为这些卑劣之事是生命中令人悲伤却又必不可少的一部分。也正因为如此，这些神祇的形象和性格才变得有趣。接下来，我们就要详述他们每个人的故事。

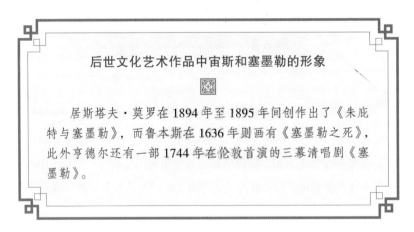

后世文化艺术作品中宙斯和塞墨勒的形象

居斯塔夫·莫罗在 1894 年至 1895 年间创作出了《朱庇特与塞墨勒》，而鲁本斯在 1636 年则画有《塞墨勒之死》，此外亨德尔还有一部 1744 年在伦敦首演的三幕清唱剧《塞墨勒》。

难以抗拒的爱神阿佛洛狄忒（维纳斯）

父母：乌拉诺斯（父亲）与一把锋利的大镰刀

配偶：赫淮斯托斯（伏尔坎）

著名的情人：阿瑞斯（玛尔斯），赫尔墨斯（墨丘利），阿多尼斯，安基塞斯

子女：埃涅阿斯，哈尔摩尼亚，德莫斯，福波斯，赫尔玛弗洛迪托斯，普里阿波斯，贝罗

主要的属性：性与爱的女神

次要的属性：水手的援救者，植物的护卫者，婚姻、城市和谐以及妓女的守护神

她的标识：桃金娘、天鹅和鸽子

神庙、神示所与圣地：阿弗萝蒂西亚斯（意即阿佛洛狄忒之城，位于小亚细亚）；神示所位于科林斯卫城之上；罗马城中有祭拜主母维纳斯（Venus Genetrix）的神庙，神庙中还同时祭拜着幸运女神维纳斯和罗马女神

> 阿佛洛狄忒无处不在，而又难以抗拒……
>
> 爱的魔力在空气间穿行，在海浪间留驻，
>
> 她亲手播下爱的种子，又从大地中收获
>
> 我们泥土中出生的人类与生俱来的情欲。
>
> 欧里庇得斯，《希波吕托斯》第445行起

从某种意义上来说，阿佛洛狄忒属于更为古老的那一代神祇，毕竟她位列宙斯的前辈之中。此外，几乎所有的神祇（除了我们接下来会提到的三位之外）都和凡人一样为她的力量所支配。正如许多被错配的苦命恋人所证明的那样，阿佛洛狄忒每每恶作剧般地使用自己的能力，有些时候她甚至是蓄意如此。

　　阿佛洛狄忒的腰带能使其持有者对任何他们想要魅惑的人变得难以抗拒。而阿佛洛狄忒带着十字手柄的梳妆镜直至今日都还是女性的符号。她的力量在古希腊罗马神话中几乎无处不在，宙斯经常把自己四处拈花惹草的行径归于阿佛洛狄忒的影响。（不过罗马神话中的朱庇特行为就谨慎多了。）众所周知最负盛名的阿佛洛狄忒（维纳斯）像是现藏于卢浮宫的那尊有两千多年历史的残缺雕像"米洛斯的维纳斯"。

　　即便在今日，你不需要仔细寻找也能随处发现阿佛洛狄忒的存在：夜空中的金星就是以维纳斯，也就是阿佛洛狄忒的名字而命名。作为维纳斯（这个名字起初属于罗马神话中已有的一位主司生育的下级神），她不仅仅对应着金星，还对应着一堆通过性行为传播的讨厌疾病。作为神妓（Porne），或肉欲的化身，她的肖像（亦即黄色图片，porne graphe）吸引了千百年来书报审查官们激动而又紧张的目光，而那些能够增强性欲的食物（比如牡蛎）则被称为春药（aphrodisiacs）。阿佛洛狄忒女神还在其他出人意料的场合出现，比如她与银莲花之间的渊源：血红的银莲花是她在打猎时横死的爱人，美少年阿多尼斯的遗体所化。而她和阿多尼斯的女儿贝罗后来成为了贝尤特女神，我们今日称为贝鲁特（Beirut）的城市的守护神。

　　阿佛洛狄忒和战神阿瑞斯有一段

经典的《米洛斯的维纳斯》。

后世文化艺术作品中的阿佛洛狄忒（维纳斯）

维纳斯（阿佛洛狄忒）的形象不出意料地为许多艺术家所钟爱。有两幅著名的画作是描述她和英俊的凡人阿多尼斯的私情的：其一是创作于约 1560 年的《维纳斯与阿多尼斯》，鲁本斯还有一幅创作于 17 世纪 30 年代的同名画作。维纳斯与玛尔斯经常一起出现：比如在波提切利约 1484 年创作的《维纳斯与玛尔斯》中，为了营造喜剧效果，画中小法翁正把玩着玛尔斯的长矛，而此时的战神正被衣着严实的维纳斯的目光勾得神魂颠倒。他们还在皮耶罗·迪·科西莫 1490 年创作的《维纳斯，玛尔斯和丘比特》，路易·让·弗朗索瓦·拉葛内 1770 年的《玛尔斯与维纳斯，和平的寓言》，以及两幅更为直白的画作，约阿希姆·乌提耶沃于 1610 年至 1614 年间创作的《玛尔斯与维纳斯被众神发现》以及委罗内塞 16 世纪 70 年代创作的《玛尔斯与维纳斯因爱结合》中出现。

婚外恋情（因为爱情和战争往往配对出现），他们生下的孩子包括德莫斯和福波斯（惊慌之神与恐惧之神），惊慌与恐惧始终与他们的父亲战争之神寸步不离，而罗马人将战神称为玛尔斯。直到今天福波斯还会以几百种不同属性的形式出现，从洗澡恐惧症（ablutophobia）到动物恐惧症（zoophobia）。

阿佛洛狄忒还和赫尔墨斯生有一个孩子（罗马人称赫尔墨斯为墨丘利），这个孩子取了一个由父母名字拼合出的名字——赫尔玛弗洛迪托斯（参见本书 101 页），而她的另外一个生父不详的孩子是不幸的普里阿波斯（参见本书 101 页），他无法释放自己过于膨胀的情欲，因而承受着巨大的痛苦。（他狂热地追求一个叫罗提斯，即 Lotus 的宁芙，以至于诸神不得不把她变成一朵莲花。）

对特洛伊战争的爆发，阿佛洛狄忒至少要负上部分责任，因为是她燃起了帕里斯和海伦之间的爱火（参见本书 185 页）。阿佛洛狄忒对这场战争非常关心是因为她与凡人安基塞斯生下的儿子是特洛伊方的一名战士。她的这个儿子，也就是著名的埃涅阿斯，后来在希腊获胜后的特洛伊焚城中逃了出来。他的后代建立了罗马，而在阿佛洛狄忒和安基塞斯的直系后裔中就包括罗马名门尤利乌斯·恺撒家族。

赫斯提亚（维斯塔灶神），家宅女神

父母：克罗诺斯（父亲），瑞亚（母亲）

配偶：无

著名的情人：无

子女：无

主要的属性：灶神

次要的属性：家庭幸福

她的标识：水果、油、葡萄酒、一岁的奶牛

神庙、神示所与圣地：每个住家的灶台，每个希腊城市的市中心，罗马的维斯塔圣所

赫斯提亚呵，你守护着万物家宅的平安，

无论是永生不死的神祇还是在尘世蹒行的人类

都要仰仗你的庇佑，你用你的慈爱为自己赢得了

永恒的居所与不灭的荣光：无论因何所取得的荣耀

都有着你的一份。没有你的庇护，人间从此将再无筵席，

也再不会有人能够因你的名奉上甘醇的美酒，

举杯，敬众神中最长也是最末的赫斯提亚女神，

愿我们家庭的幸福能与你的荣光同在。

荷马献给赫斯提亚的祷歌第2章第1—6节

赫斯提亚是克罗诺斯（参见本书第10页）的第一个孩子，同时又被矛盾地看作最末的孩子，因为她是被克罗诺斯最后吐出的。"赫斯提亚最为优先"是古希腊罗马人所奉行的信条。这部分是因为赫斯提亚最为年长，在祭礼时顺序先于其他的诸神，不过还有她主司家庭幸福的原因。

作为和平与调和的象征，赫斯提亚主动退出了奥林匹斯主神的序列，以便数字能够维持在12位。（通常的说法是她将位置让给了狄俄尼索斯，不过在希腊罗马文化中并非所有的万神庙都供奉着相同的神祇。）（顺便提一下，欧盟旗帜上的十二颗星星对应的就是希腊罗马神话中的神圣数字12。）赫斯提亚在希腊罗马宗教中的地位要高于在神话中的地位，因为灶神几乎从不会远离家宅。不过灶神的圣火却会传递到各地，每一个希腊城邦在外建立了新殖民地，都要将赫斯提亚的圣火随身携带，以点亮和温暖新的家园。

而作为罗马的维斯塔灶神，赫斯提亚则庇护着罗马的家国之火的燃烧，如果她的灶火熄灭，就会被视作整个国家就要遭受重大变故的征兆。所以一群被称为维斯塔处女的少女被赋予了保护灶神信仰以及让她神庙中的圣火长燃的使命。

因为灶神有着幸福家庭守护者的属性，所以一些满怀希望的美国城镇的建立者以维斯塔命名他们的辖区，而且维斯塔与火的关系在今日也有所体现，一个著名的火柴品牌也以维斯塔为名。

赫斯提亚，在罗马被称为维斯塔灶神。

宙斯（朱庇特），众神之王

父母：克罗诺斯（父亲），瑞亚（母亲）

配偶：赫拉

著名的情人：勒托，勒达，迈亚，塞墨勒，伊娥，欧罗巴，德墨忒耳，墨提斯，伽倪墨得斯，达那厄，谟涅摩叙涅，忒弥斯，阿尔克墨涅——以及其他许多

值得一提的子女：雅典娜（密涅瓦），珀耳塞福涅，俄里翁，缪斯女神们，阿瑞斯（玛尔斯），阿波罗，阿耳忒弥斯（戴安娜），赫拉克勒斯（赫丘利），狄俄尼索斯(巴科斯)，青春女神赫柏，珀尔修斯，狄俄斯库里兄弟，克里特王弥诺斯

主要的属性：众神之王

次要的属性：暴风之主，雷云聚集者，过路人的保护神，誓言的担保者，骗子的打击者，罗马的保护神，天才的创造者，军队的支持者

他的标识：闪电火，雄鹰，橡树

主要的神庙，神示所和圣地：罗马卡皮托山上的朱庇特庙，奥林匹亚的宙斯神庙，多多纳的宙斯神示所

孩子啊，我要告诉你：

在天庭危坐的宙斯手中握着终结万物的权柄，

只要他情愿，就能将万事万物从尘世中抹去，

……我们从泥土中所生的人类日复一日地耕作、休息，

却对他手中所握的威能几乎全然不知。

阿莫尔戈斯的西蒙尼德斯的抒情诗第 2 章第 1 节

　　称宙斯为奥林匹斯众神之父并不全然正确。虽然就"家主"这个意义上，他作为神祇中地位最高者的确是"众神之父"。不过他血缘上只

是一些神祇的兄弟，与他同辈的神祇包括他的妻子赫拉（朱诺），他的兄弟波塞冬（尼普顿）和哈得斯（普路托）。波塞冬和哈得斯也并没有多尊重他们的弟弟，正如波塞冬所指出的那样，出于纯粹的机缘巧合，他们三位神祇各主宰了一个国度：

> 天哪，他虽然贵显，说话也太狂妄，
> 我和他一样强大，他竟然威胁强制我。
> 我们是克罗诺斯和瑞亚所生的三兄弟，
> 宙斯和我，第三个是掌管死者的哈得斯。
> 一切分成三份，各得自己的一份，
> 我从阄子中拈得灰色的大海作为

威严的宙斯手持闪电火，身旁随侍着雄鹰，由胜利女神加冕。

> 我永久的居所，哈得斯统治昏冥世界，
>
> 宙斯拈得太空和云气里的广阔天宇，
>
> 大地和高耸的奥林波斯归大家共有。
>
> 我绝不会按照他的意愿生活，
>
> 他虽然强大，也应该安守自己的疆界，
>
> 不要这样把我当作懦夫来恫吓。
>
> 他最好把这些严厉的语言对由他生育的
>
> 那些儿女去训示，他是他们的父亲，
>
> 他们愿意不愿意，都得听他的命令。
>
> 《荷马史诗·伊利亚特》第15卷第191行

天空之神宙斯从最初的时候就是一位天候之神，他"雷云聚集者"的称号也就这样随着他一同步入了古典时代。作为反抗克罗诺斯的领袖，宙斯也获得了众神之王的称号（尽管波塞冬和哈得斯并非那么情愿），因此便有了维持奥林波斯山上秩序的责任，并作为其延续，也担上了维持宇宙秩序的重任。

因为古代的城市经常会陷入周期性的动乱当中，城市的上层经常会向众城之神宙斯（Zeus Poleius）献上虔诚的祈祷。在日常生活中，宙斯还是款待之神，旅人和过路人会因他之名而受到欢迎。当然，没有人能比风纪与秩序的信徒——罗马人更狂热地崇拜众神之王。他们眼中的宙斯，是万神之王朱庇特，至高至能者朱庇特，朱庇特本身就代表着宇宙中一切正确而当受尊奉之物。正是在朱庇特之鹰的羽翼下，罗马军团在整个地中海世界，乃至更遥远的地方传播着罗马化的文明。今天太阳系中最大的一颗行星（木星——Jupiter）以众神中最强大的主神命名，真是再合适不过了。

宙斯在赫拉之前的情事

像古希腊罗马人一样，神祇们并不是一夫多妻制的，不仅如此，男性的神祇们还和古希腊罗马人一样认为婚姻的忠贞要求适用于女性而非他们自己。在宙斯最终和赫拉成婚之前，他就已经进入了"众神之父"的角色当中，生出了一大批后代。尽管他的妻子已经竭尽全力，但婚姻也没能减缓他轻率寻欢的步伐。

宙斯最早与墨提斯女神结合，墨提斯女神是思虑的化身，宙斯需要快速处理掉孩子才能逃避涅俄普托勒摩斯法则，避免被这次结合生下的孩子所废黜。（参见本书第9页与77页）他下一位结合的对象是忒弥斯，传统与美德的化身。这次结合生下了和平女神厄瑞涅。接下来宙斯和欧律诺墨(此处有争议)结合生下了美惠女神（光辉女神，欢乐女神与激励女神）。

宙斯的下一次结合是和自己的姐姐德墨忒耳，这次结合生下了珀耳塞福涅。

宙斯之后同提坦谟涅摩叙涅（记忆女神）结合，生下了九个缪斯女

奥林匹斯式的求爱：宙斯和他的女性情人。

宙斯的神祇后代（括号中附有母亲姓名）

雅典娜 （墨提斯）	珀耳塞福涅 （德墨忒耳）	阿波罗 阿尔忒弥斯 （勒托）	阿瑞斯 赫柏 厄勒梯亚 （赫拉）	赫尔墨斯 （迈亚）
美惠女神 （欧律诺墨）	缪斯女神 （谟涅摩叙涅）	波吕丢刻斯 （勒达）	狄俄尼索斯 （塞墨勒）	赫拉克勒斯 （阿尔克墨涅）

神（Muses）。这些缪斯所主司的舞蹈、戏剧与诗歌成为了人类创造力的源泉，而这些人类最伟大的成果如今都被保存在他们为之奉献灵感的神庙——博物馆（museums）当中。

手持里拉琴的阿波罗站在他的母亲与脚下躺着豹子的阿尔忒弥斯之间。

在宙斯和勒托开始私会的时候，赫拉已经成了他的固定伴侣，如果还没正式结婚的话（关于勒托我们所知甚少，因为勒托的意思就是"躲避起来的人"）。当勒托怀了宙斯的孩子，即将生产的时候，赫拉设法让她既不能在陆地也不能在海洋上生产。然而最后勒托还是找到了合适的地点生下孩子，这里是位于爱琴海上的神圣的德洛斯岛，据说德洛斯岛是一块漂浮着的岛屿，既不属海洋，也不属陆地范畴。在这里她生下了奥林匹斯神阿波罗。勒托还生有阿尔忒弥斯（戴安娜），主司狩猎的处女之神。生下两位奥林匹斯神使得勒托甚至胜过了赫拉一筹，因为赫拉仅仅与宙斯生下了一位奥林匹斯神，脾气倔强而又嗜血的战神阿瑞斯。

宙斯的出轨还在迅速地继续着——创造了女人可以说是为他婚姻生活的不幸打开了一扇大门。众多被宙斯勾引以及随后被赫拉报复者的命运塑造了整个神话世界，甚至还有现代世界。

美艳者赫拉（朱诺）

父母：克罗诺斯（父亲），瑞亚（母亲）

配偶：宙斯（朱庇特）

著名的情人：无

子女：阿瑞斯（玛尔斯），赫淮斯托斯、厄勒梯亚与赫柏

主要的属性：宙斯的配偶

次要的属性：婚姻的保护神、女性的守护者，（作为朱诺女神时）降下警告者

她的标识：孔雀、布谷鸟、石榴

神庙、神示所与圣地：阿尔戈斯附近的赫拉神庙、西西里岛阿格里真琴的赫拉神庙、罗马的朱诺神庙

赫拉，伟大的克罗诺斯的女儿、尊严的女神
《荷马史诗·伊利亚特》第 5 卷

宙斯饱受妒忌之苦的妻子赫拉，不能直接报复她丈夫的不忠，只好转而在宙斯那些不幸的爱侣身上倾泄怒火，尽管任何人在她们的处境中都几乎无法拒绝众神之王的引诱。我们可以将赫拉的报复移植到现实世

界中的那些性别不公的案例当中，比如说，主人可能会强迫家中的女奴与自己发生关系，随后女奴就可能会被妒忌的女主人惩罚，无论是女奴还是女主人都遭受着某种她们无力抵抗的不公。

赫拉的名字可以粗略地被翻译成"淑女"，这个词很可能跟男性化的"英雄"（hero）有着同一个词根。她是诸神中的女王，宙斯被象征为雄鹰，而赫拉则因为骄傲与热衷炫耀被象征为孔雀。

尽管赫拉地位尊贵，不过她依旧要屈从于宙斯，宙斯曾经因为她对他的儿子赫拉克勒斯的报复性迫害，用铁砧拴住她的脚踝把她倒吊在天庭的拱顶以示惩罚。

加姆兰月（Gamelion）是众神之母的圣月，古代雅典人因此喜好在这个月份举办婚礼，而作为罗马的朱诺女神，她会在她的圣月六月（June）微笑着给予新娘祝福。赫拉对宙斯一直忠贞不二，那些试图引诱她的人的下场都凄惨血腥。她对于这样一桩机能失衡婚姻

一个面容冷峻的罗马版的赫拉女神雕像。

的献身使她成为了所有婚姻的保护神，古希腊罗马的新娘经常会收到苹果作为新婚礼物，仿效赫拉的祖母该亚女神在她婚礼上赠给她的金苹果，不过也有人会赠送石榴，这种水果也与女神有着联系。因为赫拉同时具有处女、妻子与独守空房的年长贵妇的不同面向，她的身份与人们对古代贵族妇女的期待相符，因此她也被视为整个女性群体的保护神。

宙斯曾经给一个倒霉的宁芙布置了分散赫拉注意力的任务，让她不停与赫拉说话，这样赫拉就不会发现不忠的宙斯已经外出勾引其他女性了。赫拉识破了这个诡计，因此诅咒这个宁芙从此只能重复别人对她说过的话。这个名叫厄科（Echo，即"回声"）的宁芙从那以后一直重复着别人的话。

引诱赫拉

赫拉是阿尔戈斯城的守护神，根据传说宙斯最早就是在城外的树林之中引诱了她。宙斯使用了他作为天候之神的能力，他降下一阵近便的雷雨，并化作一只浑身湿透、惊惶无助的雏布谷鸟出现在赫拉面前。赫拉将小布谷鸟放到胸前为它取暖，而得偿所愿的宙斯立刻变回了他原本的形态，利用他通过欺骗取得的位置占尽了便宜——不过根据阿尔戈斯人的说法，赫拉可以通过在城市附近的一处圣泉沐浴来恢复童贞，据说她就此养成了每年都在此处沐浴的习惯。

除了奥林匹斯神阿瑞斯（玛尔斯），赫拉和宙斯还生有其他孩子，青春女神赫柏与助产女神厄勒梯亚。这其中也有着某种生命上的对称，一般人认为奔赴战场的男人受到战神的庇护，但也要忍受痛苦正如女人受到助产女神的庇佑，但也同样要承受分娩的痛苦。赫拉还有个未经受孕就生下来的孩子赫淮斯托斯（伏尔坎），他是铁匠与手艺人的神祇。具有讽刺意味的是，尽管他的母亲优雅而美丽动人，但他却生得羸弱、丑陋而且跛足，因而他也一直为母亲所厌弃。然而借由他的狡黠与坚毅的性格，至少在隐喻层面上，他已经足以在众神中"站稳脚跟"了。

在特洛伊战争期间，赫拉是希腊方坚定不移的支持者，甚至曾经因为他们的缘故触怒了威严的主神宙斯。后来，她又报复性地骚扰埃涅阿斯和特洛伊最后的幸存者们。直到情绪得到了安抚后她才容许这些流浪者在意大利定居，并建立罗马民族。作为朱诺女神，赫拉在卡皮托丘上的神庙中作为神王朱庇特的配偶与罗马最伟大的女神受到尊奉。现代词汇中"钱"（money）这个词就源自卡皮托山朱诺神庙中的罗马铸币厂（Juno Moneta）。

银河的形成

其他神祇都有以自己名字命名的行星，而赫拉所拥有的外太空领地却比他们都大得多。赫拉克勒斯——罗马人称其为赫丘利——是宙斯一次偷情通奸留下的产物。尽管被命名为"赫拉的荣耀"（或许宙斯是为了试图平息女神的愤怒才如此命名），他还是遭受了女神的残忍报复。根据一则神话，宙斯为了使赫拉克勒斯获得神性，曾经欺骗赫拉使她哺育婴儿时期的赫拉克勒斯。当赫拉发现了这个骗局的时候，她粗暴地将婴儿从乳房前扯开，因而在天穹中留下一大段雾状地带，直至今日这里都被称为银河（The Milky Way，直译为"奶路"）。这一事件后来被鲁本斯在他约 1637 年的作品《银河的诞生》中有所描绘。

波塞冬（尼普顿），撼地者

父母：克罗诺斯（父亲），瑞亚（母亲）

配偶：安菲特里忒

著名的情人：开尼斯，埃特拉，德墨忒耳（刻瑞斯），阿洛珀，泰奥法妮，蒂罗尔，美杜莎，阿密摩涅

子女：特里同，忒修斯，珀利阿斯，涅琉斯，瑙普利乌斯，阿里昂，波吕斐摩斯

主要的属性：海神

次要的属性：撼地者，群马之王

他的标识：骏马

神庙、神示所与圣地：雅典附近苏尼翁海岬上的波塞冬神庙，意大利波塞冬尼亚（即帕埃斯图姆）的波塞冬神庙，罗马弗拉米尼乌斯竞技场中的尼普顿祭坛

伟大的海神波塞冬啊，你撼动大地

与一望无际的海洋……神祇们又托付给你

两项神圣的职责，使你具备了驯服群马的威能

又成为了船只充满威严的救主。

《荷马祷歌》第 2 章第 1 节

　　和他的兄弟姐妹一样，波塞冬很可能也是一出生就被克罗诺斯吞下了肚子。不过这一点仍有争议，因为有一则传说称波塞冬和宙斯一样逃脱了被吞下的命运，并且被人秘密养大。根据这个版本的说法，正如宙斯是被用石头替代了一样，波塞冬是被一匹马驹替代，并在罗得岛上被秘密抚养成人，之后他也加入了他的弟弟宙斯对克罗诺斯的反叛。

　　波塞冬带着充沛的热情投入了海神的角色，首先他娶了海洋女神安菲特里忒为妻，之后又在海床上用黄金和宝石为自己建造了一座宫殿。他一般同三叉戟（trident，字面意义是"三根尖齿"）的符号相关联，这件兵器是独眼巨人们为他所打造的一把鱼叉，后来他把其当作自己的象征。波塞冬有时威严、自傲，有时又残暴而反复无常——人们一般认为这是因为他执掌着变化莫测的海洋。他满怀妒忌地守卫着他的国度，决不接受任何神祇的干预，也决不让其他神祇有机会插足。即便对宙斯，波塞冬也仅仅是不情愿地在他的国度以外承认众神之王的权威。他憎恶特洛伊人，不过也曾经阻止赫拉弄沉他们的船只，只因为这僭越了他的特权。

　　波塞冬不仅仅是科林斯城邦的保护人，还保护着整个科林斯地峡（它连接两片海洋），不过他把阿尔戈斯城的宗主权输给了赫拉。和输掉雅

波塞冬与雅典娜争当雅典城的守护神。

典城的宗主权时一样（参见后页专栏），波塞冬对此同样十分介怀，毕竟阿尔戈斯城就是由他和宁芙阿密摩涅的儿子瑙普利乌斯建立的。（波塞冬的其他儿子还有杀死米诺陶洛斯的忒修斯，和被奥德修斯致盲的独眼巨人波吕斐摩斯。）

像大多数主要男性神祇一样，波塞冬也有着不受拘束的性欲以及复杂的感情生活。曾经光彩照人的美杜莎就因为在雅典娜的神庙里和波塞冬交合被愤怒的雅典娜惩罚，变成了一个怪物。波塞冬的另外一个情人泰奥法妮被波塞冬以公羊的形态引诱，而他们生下的后代也是一只公羊，不过身上却长着金羊毛（参见本书141页）。考虑到大海恣意而又难以驯制的天性，波塞冬并不受乱伦或者强暴的禁忌所约束，他曾经引诱过自己的孙女，也强暴过一个名为开尼斯的漂亮女孩（随后他答应了开尼斯的请求，开尼斯要求把她变成一个男人，这样就再也不会遭遇类似的不快经历了）。

后来他又同时打破了强暴和乱伦这两项禁忌，在他的姊妹德墨忒耳

争夺雅典

为了争夺雅典城的宗主权，波塞冬与雅典娜大吵了一架。雅典娜赠予雅典市民们橄榄树以及种植的技艺。而波塞冬则用三叉戟猛凿一块岩石，地下喷涌出了一股泉水。不过因为他是海神，所以泉水是咸的，并不能派上多大用处。雅典的男人们更倾向于选择波塞冬（因为他们已经预料到了波塞冬如果落选将会非常愤怒），不过雅典的女人们却强烈主张选择雅典娜，她们的意见最终取得了胜利。正如预期的那样，波塞冬一听到投票的结果就用一场来势凶猛的洪水来报复雅典人。

（罗马人称她为刻瑞斯）向他寻求庇护的时候，他把她变成一匹母马藏在马群当中，而自己又伪装成一匹种马强暴了她。

骏马是关于波塞冬反复出现的主题，因为波塞冬经常使用骏马作为化身，因而有时他也被称为"群马之王波塞冬"。古希腊罗马人会在海边向波塞冬献祭骏马，他们确信这样可以取悦海神。取悦波塞冬尤其重要，因为他不仅仅是海洋之神，同时还有着撼地者的称号。有时他会把这两种身份结合到一起，首先用地震摧毁城市，再用毁灭性的海啸淹没城市，彻底抹去一切活口。

对罗马人来说，他们将波塞冬的名字和埃特鲁斯坎人的海神尼松（Nethun）结合到一起，创造了海神尼普顿。在现代世界中他成为了海王

后世文化艺术作品中的波塞冬（尼普顿）

雅各布兹·凡·登·瓦尔克特在约 1610 年创作的《马上的尼普顿》中展现了尼普顿作为马神的一面，而尼古拉斯·普桑创作于 1634 年的《尼普顿的凯旋》还有菲利斯·吉亚尼创作于 1802 年至 1805 年间的《波塞冬与安菲特里忒的婚礼》，则是以他更为人知的海洋环境为背景的。

星（Neptune），既然他的兄弟冥王哈得斯已经被取消了行星地位，现在海王星也就成了太阳系行星中最靠外的一颗了。而波塞冬和安菲特里忒生下的长着鱼尾的儿子特里同（见上页图片）在现代世界中成了海王星的一颗卫星，即海卫一。

哈得斯（普路托），亡者之神

父母：克罗诺斯（父亲），瑞亚（母亲）

配偶：珀耳塞福涅

著名的情人：明塔，琉刻

子女：复仇女神

主要的属性：冥府之神

次要的属性：不可见者，富者与万物的接收者

他的标识：黑羊，白杨树，水仙花

神庙、神示所与圣地：伊利斯的哈得斯神庙，杜加（位于今突尼斯）的普路托神庙，希腊西部阿刻戎河上的"亡者的神示所"尼刻洛曼忒翁

神庙。

大地突然被强大的力量所撕裂，平原都绽开了巨大的裂口……

而众多亡者的领主，冥府的支配者本人，

驾着他不朽的黑色骏马从这裂缝中疾驰而出……

（他是）一度支配神山的克罗诺斯的儿子，

尽管他的名讳不可直呼，他却有着许多名字。

荷马献给德墨忒耳女神的祷歌，第2章第15行起

哈得斯是统驭死后世界的神祇，因而他的名字也成了冥府的同义词。哈得斯名字的意思是"不可见者"，因为他拥有一个能让他在所有人面前隐身的头盔——即便是他的父亲克罗诺斯也看不见他，这使他的力量在宙斯夺取权力的斗争中至关重要。尽管他统驭着死后的世界，不过他并不是死神塔纳托斯，后者是夜神尼克斯的众多子女之一。

哈得斯几乎没有多少神庙，也没有多少信徒，因为他对生者的世界不感兴趣。无论是农夫还是国王，非信徒还是信徒，他们最终都将归入哈得斯的世界。

哈得斯是位地神（chthonic，"属于大地的"），因为他的王国即使不位于地下，也必须要从地下才能进入。哈得斯本人铁面无私，罕有不公正的评断，自然也绝非邪恶。（同样地，希腊神话中的代蒙 daemons 尽管也是有着极大神力的生物，但是和我们今天所说的恶魔 demons

哈得斯，众多亡者的主人，
控制着死后的世界。

也完全是两种东西。）哈得斯的王国既非地狱，更不是该亚的黑暗对立面——塔耳塔洛斯那样的存在，而是哈得斯为自己创造出来统治的国度，塔耳塔洛斯则是其中留给提坦神和罪孽尤为深重，完全应受这样下场的人类的深不见底的深坑（参见本书第4页）。

因为人们认为说出他的名字会使冥府之王注意到自己，很不吉利，所以少有这位冥府之王作为主角的传说流传下来也就不足为奇了。

哈得斯一般被呈现为面容冷峻，发色较深的老人形象，通常驾着墨黑色骏马拉着的马车出现。有他出场的最著名的神话是他诱拐了德墨忒耳的女儿珀耳塞福涅。从此珀耳塞福涅每年都有一部分时间要留在冥府作为王后。在这几个月里，珀耳塞福涅的母亲谷物女神德墨忒耳会出门寻找女儿，所以庄稼会休耕，这几个月里也没有降水。因此，和萨图恩（罗马的农神，罗马人经常将他与哈得斯混淆）一样，哈得斯也有对天气和谷物施加影响的能力。除此之外，当时的古希腊罗马人食用谷物时经常会使用薄荷（Minthe）调味，它原本是一个叫作明塔的宁芙，因为被哈得斯宠爱遭到了冥后珀耳塞福涅的嫉妒，最后被她变成了辛辣得恰到好处的薄荷草。

哈得斯是个冷酷无情的形象，因而很少有人敢于去惊动他（那些出于某种特殊原因，的确想要祈唤哈得斯的人会用手掌猛击地面来引起他的注意）。因为最后有数量巨大的灵魂落入了他的掌控，很多极其迷信的罗马人将他委婉地称为普路托，也就是"富者"。不过在现代世界中，

被诱拐的普洛赛皮娜（即珀耳塞福涅），罗马阿尔巴尼别墅上的浮雕。

"普路托"的意思已经变得面目全非了，它是被开除出太阳系的冥王星，也是那只荒唐得可爱的卡通狗。

哈得斯如今最为人知的应该是那种以他的罗马名命名的金属元素——钚（plutonium）了。钚的创造者选择这个名字不仅仅因为这种元素是人类已知的毒性最强的物质之一，而且也因为它最有可能把大地变成另一个塔耳塔洛斯。

绿衣女神德墨忒耳（刻瑞斯）

父母：克罗诺斯（父亲）、瑞亚（母亲）

配偶：无

著名的情人：波塞冬、宙斯、伊阿西翁（Iasion）

子女：珀耳塞福涅、阿里昂、普路托斯、牧夫座（腓罗迈卢斯）

主要的属性：植物与蔬果之神

次要的属性：农业之神、生育之神、新婚夫妇的保护神

她的标识：谷物、猪、水果、罂粟花

神庙、神示所与圣地：埃琉西斯秘仪所、帕埃斯图姆的刻瑞斯神庙、纳克索斯的德墨忒耳神庙

金发浓密的德墨忒耳啊……

你是手持金剑的女神，散发着荣光

为我们带来了累累的果实

荷马献给德墨忒耳女神的祷歌第2章第2行起

德墨忒耳是一位非常古老的神祇，在奥林匹斯十二主神得到确立之前很久就已经有对她的崇拜了，这一点体现在她的名字当中，"德墨忒耳"实际上是"地母"的古老变体。她是克罗诺斯的两个女儿之一（另一个

是赫斯提亚），尽管她也是古典万神殿的一员，不过她很少待在奥林波斯山，而是更喜欢在大地上四处漫游。她漫游时通常会采用各种各样的伪装，因为她的正式装束过于炫目招摇了一些——她是位平日坐在由龙拉着的战车里的光彩夺目的女神。

德墨忒耳的特殊职责之一就是要保证谷物从种子长成成熟的庄稼，而且德墨忒耳本人就有着谷物般金黄的长发。她唯一一段与凡人的情史发生在一片被三次耕犁过的田地里，他们生下了几个孩子，其中一个儿子被提拔到了天界担任扶犁者，也就是牧夫座。

德墨忒耳的埃琉西斯秘仪在雅典附近举行，新加入的信徒会被要求绝不说出他们在其中见到的一切。

雅典人和西西里人都宣称自己才是德墨忒耳最早传授培育谷物的对

德墨忒耳手持权杖，头戴谷物做的花环。

受诅咒的坦塔罗斯家族

　　坦塔罗斯（Tantalus）和他后人的故事，算得上贯穿整个希腊神话英雄时代这出血腥而又高潮迭起的肥皂剧的一段次要情节。坦塔罗斯是希腊世界西方海岸上一个叫吕底亚的国家的国王，这个国家位于现今的土耳其。在一次招待奥林匹斯诸神的筵席上，坦塔罗斯犯下了不可饶恕的罪孽。无论是希腊人、神祇还是其他人都觉得让孩子上桌这件事奇怪，但（因为后勤疏忽，或者缺少其他肉类）把孩子当作主菜端上来就实在是难以置信的恶趣味了，就算儿子的肉再美味也不行。德墨忒耳因为过度思虑自己失踪的女儿，神思恍惚地把孩子的整个肩膀咬了下来。

　　这个被献上餐桌的孩子叫珀罗普斯，他后来被诸神复活，虽然只能用一块象牙镶在肩膀的部位。因为这一暴虐的行径，坦塔罗斯被判处在塔耳塔洛斯内终身受饥饿与干渴之苦，他站在齐胸深的水中，但一旦他想要喝水水就会退去；他面前就挂着葡萄枝，但当他想要吃的时候，葡萄枝就会升到他刚好碰不到的地方。（因此有了"挑逗"tantalize这个词。）珀罗普斯继承了吕底亚王国，但是很快就被放逐了。珀罗普斯的被逐很大程度上是附近的伊利乌姆城（即后来的特洛伊）国王伊罗斯的作为。珀罗普斯逃到希腊境内，在那里的战车比赛中，他击败了厄利斯王并赢得了他的女儿——他对国王的战车动了手脚，在战车撞毁的时候国王直接就此殒命。驾车人是赫尔墨斯的儿子，他也参与了这场阴谋，但珀罗普斯却恩将仇报，杀死了他。尽管赫淮斯托斯洗去了珀罗普斯身上的罪孽，后来他继续征服了希腊南部的大部分地区（因而这些地方后来被叫作珀罗普那索斯半岛），但赫尔墨斯的敌意并没有就此停息，他持续妨害着珀罗普斯的后代们——他的儿子阿特柔斯（乱伦，杀害兄弟，食人），他的孙子阿伽门农（谋杀，杀女，通奸），墨涅拉俄斯（因为海伦出轨发动了特洛伊战争），还有他的曾孙俄瑞斯忒斯（弑母）。

象，作为额外奖赏，德墨忒耳还赠给了雅典人无花果树，雅典出产的无花果的品质被认为高于古代世界的任何其他产地。罗马人将德墨忒耳称为刻瑞斯（Ceres），直至今日世界上数以百万计的人都在以自己的方式与女神交流——在早餐的时候，他们会将牛奶倒进麦片（cereal）当中。

在天文学领域，和她的女婿冥王星（Pluto）一样，谷神星（Ceres）也是一颗矮行星，它是小行星带上最大的一颗。而刻瑞斯女神的象征则非常恰如其分地是一把镰刀。

和德墨忒耳有关的神话中最著名的应该是她搜寻被哈得斯诱拐的女儿珀耳塞福涅（罗马人称她为普洛赛皮娜）的故事。在她的这段搜寻中间发生了许多故事，其中之一就是她被化身为种马的波塞冬强暴的经历（参见本书 64-65 页）。珀耳塞福涅被诱拐一事也揭示了德墨忒耳女神的神力：她可以决定大地上的万物是否生长（而在寻找的这段时间中她显然没有准许万物生长），这让人类几乎饿死，而神祇也因此收不到祭品。正是这样的威胁使宙斯走到了谈判桌前，命令哈得斯释放被掳走的人质。

然而哈得斯在不愿交出走进他阴暗的地下王国的人这方面臭名昭著，何况要释放美丽的珀耳塞福涅他只会更不情愿，虽然珀耳塞福涅当初并非自愿来到冥府。因此，他骗珀耳塞福涅吃下了一些石榴籽，因为在哈得斯的国度中进食的人就注定要永远留在冥府中。最终德墨忒耳和哈得斯达成了妥协，在一年的部分时间中珀耳塞福涅要留在冥府陪伴哈得斯，剩下的时间里她可以回到地上陪伴自己的母亲。

后世文化艺术作品中的珀耳塞福涅（普洛赛皮娜）

珀耳塞福涅在斯特拉文斯基创作于 1933 年的同名音乐作品中登场。尼科洛·德尔·阿贝特在 16 世纪的时候也在画作中描绘了冥后本人（《强掠普洛赛皮娜》），但丁·加百列·罗塞蒂 1874 年创作了《普洛赛皮娜》，画中她正在吃下石榴籽。弗雷德里克·莱顿还在 1891 年画了《珀耳塞福涅的归来》，在 1611 年至 1612 年间，伯尼尼创作了大理石雕塑《普路托与普洛赛皮娜》，这幅雕塑现藏于罗马的波勒兹美术馆。

当德墨忒耳的女儿珀耳塞福涅从她身旁离开的时候，德墨忒耳不再管理农事，大地变得干裂贫瘠，空无一物。但当珀耳塞福涅回来的时候，雨水又会带来百花盛开，生机勃勃，作物也开始生根发芽。

罗塞蒂画中的普洛赛皮娜，冥府真正的王后。

4

奥林匹斯：
下一代神祇

神祇们加入奥林匹斯万神殿十二主神行列的方式是多种多样的。无论是古代那些神话作者口中的故事，还是现代人种学者、语言考古学家那些有时不甚可靠的猜想都印证了这一点。第一代奥林匹斯神祇——阿佛洛狄忒，宙斯，赫拉，波塞冬，德墨忒耳以及哈得斯的背景我们在前文中已经交代过了（尽管很多古希腊罗马人出于心理上的原因，情愿把哈得斯移出他们心中主神的行列）。剩下的奥林匹斯神祇都是他们的子女，而其中许多人的降生都要感谢宙斯不知疲倦的"努力"。接下来我们就要接触这奥林匹斯第二代神祇的生平与神话。

雅典娜（密涅瓦），灰色眼眸的女神

父母：宙斯（父亲），墨提斯（母亲）

配偶：无

著名的情人：无

子女：无

主要的属性：理性女神

次要的属性：战争女神，技艺与工艺之神（即雅典娜·埃尔贡，从 ergane 这个词中衍生出了"人类工程学" ergonomics 这个单词）

　　她的标识：橄榄树，猫头鹰，鹅（由此产生了给小孩子们听的"鹅妈妈童谣集"）

　　神庙、神示所与圣地：雅典卫城上的帕特农神庙，罗德岛的雅典娜·波利阿斯（城市女神雅典娜）神庙，以及罗马卡皮托山三位一组神庙（供奉朱庇特，朱诺，密涅瓦）

灰眸的雅典娜，智慧与战争的女神。

女战神把自己也绣在上面，手持盾牌和尖矛，

头戴战盔……她用尖矛击地，地上便长出

一株浅绿色的棕榈，挂满了果实

织机旁的雅典娜，奥维德，《变形记》第6卷

　　在所有的主神当中，雅典娜是最具理性的一位，毕竟她就是由思辨女神所生。其他神祇大多象征着无法抵抗的自然力，或是不受约束的狂热情感，雅典娜却主要寄身于文明、开化者的思想当中。作为女神，雅典娜象征着逻辑与理性，尽管在她类人的一面中，她同样也会盲目偏袒

或者嫉妒。和赫斯提亚一样，雅典娜也总是能够免疫爱神的诱惑。

雅典娜的母亲墨提斯是俄刻阿诺斯的女儿，她象征着纯粹的抽象思维这一概念本身。她和宙斯结合之后，宙斯意识到他们生下的孩子会继承墨提斯抽象思辨的能力，并且可能会将此用来对付宙斯，进而拥有统治宇宙的能力。然而宙斯太晚意识到这一点了，这时墨提斯早已怀上了他的孩子。正如我们已经提过的那样，神祇在其母亲腹中时就具有神性，因而无法被毁灭（我们已经在第二章多处作过解释）。于是宙斯复制了他父亲的伎俩，把孩子整个地吞入腹中。然而雅典娜在宙斯身体中自然地移动到了支配理性的脑部当中，继而使他头痛欲裂。对宙斯来说，"头痛欲裂"这种说法在字面意义上也成为了现实，因为赫淮斯托斯找出了他继父头痛的原因，随后用一根巨斧劈开了宙斯的脑袋。雅典娜从宙斯的额头处跳了出来，一些人宣称雅典娜当时就已经是成年女子的形态，甚至已经穿好了铠甲，而另外一些人则宣称那时的雅典娜还是一个孩童，后来被波塞冬的儿子特里同抚养长大。

一个公元前 6 世纪的花瓶上展现的雅典娜的诞生。

赫淮斯托斯自此和雅典娜之间结下了一条纽带，毕竟雅典娜是主司工艺的女神，而赫淮斯托斯则是手艺人的保护神。只有赫淮斯托斯敢去试探雅典娜多么认真地对待自己处女女神的身份，而且也没人能比他走得更远，他成功地在雅典娜的大腿上留下了几滴自己的精液。雅典娜充满鄙夷地将其从身上抹去，从掉落到地上的精液中诞生了雅典人的祖先（或者仅仅是雅典人这么宣称罢了）。没有其他神祇胆敢得寸进尺做出更冒犯的举动，因为雅典娜·柏洛马考士女神在战斗中极度可怖。而且带着羊皮盾的雅典娜在战场上不可战胜，这盾是赫淮斯托斯赠给她的礼物，有人说这只盾镶着金色的流苏，也有人说它只是盾状的装饰品或者其实是羊皮做的胸甲（到了决战时刻，甚至是宙斯都需要向雅典娜借这只盾）。虽然雅典娜并没有报复心（这样有失理智），不过她的确坚韧过人。除此之外，尼刻（Nike，她是胜利女神，某个运动品牌的顾客们直到今天还在认真地试图讨她的欢心）也和雅典娜关系密切，因而雅典娜从不需要考虑失败的可能。（有一种说法称雅典娜和尼刻都是提坦帕拉斯的女儿，因此有时你会碰到帕拉斯·雅典娜或者尼刻·雅典娜的说法。）

雅典娜和阿拉克涅

与其他鲁莽冲动的神祇不同，雅典娜在使用更专断的手段前一般还是会尝试使用理性的方式解决问题的。因此，当小亚细亚的一个经验丰富的织工宣称她的技艺要胜过雅典娜本人时，雅典娜试图劝说她不要继续这么自以为是地断言——毕竟，正是雅典娜本人发明了纺织这项技艺。但织工却拒绝退让，因此在随后不可避免的纺织比赛中她纺出了一件足证她技艺之高超的作品。这不仅仅是在挑战雅典娜的作品而已，而且还在挑战神祇整体的权威，因为她纺出的图案上记录的都是奥林匹斯神祇最好色、不负责任的一面。这个胆大妄为的织工阿拉克涅因为触怒众神，被变成了一只蜘蛛。但雅典娜并不能否认阿拉克涅的确证明了自己的技艺，因此，就像很多平日里十分理智的人一样，雅典娜也有蜘蛛恐惧症（arachnophobia），即厌恶蜘蛛的症候。

在雅典人选择接受橄榄树而非波塞冬的苦涩泉水（参见本书 65 页）作为赠礼之后，雅典娜就成了雅典城的保护神。之后，她还帮助雅典人种植了其他谷物。她与雅典人彼此间一直协作良好，雅典成了希腊带给人类的智识礼物的象征，而雅典人也在自己的卫城上建起了雄伟壮丽的神庙献给他们的处女女神雅典娜（雅典娜·帕尔塞诺斯）。

后世文化艺术作品中的雅典娜（密涅瓦）

雅典娜与阿拉克涅之间的竞赛一直都吸引着艺术家们的注意。委拉斯开兹在他 1657 年创作的名作《纺织女》中描绘了这一场景。更笼统来说的话，雅典娜还被下面几位画家描绘过：弗朗士·弗洛里斯（创作于约 1560 年的《雅典娜》），巴丽斯·博尔多内（创作于约 1555 年至 1560 年间的《雅典娜拒绝赫淮斯托斯的求爱》），古斯塔夫·克里姆特（创作于 1898 年的《帕拉斯·雅典娜》）以及雅克 – 路易·大卫创作于 1771 年的《玛尔斯与密涅瓦之战》。在雕塑领域，雅典娜最负盛名的一座雕像是美国田纳西州纳什维尔的复制万神殿当中的雅典娜·帕尔塞诺斯像。

在大卫的画作中，密涅瓦在战斗中处于玛尔斯的上风。

福玻斯·阿波罗，闪耀的神祇

父母：宙斯（父亲），勒托（母亲）

配偶：无

著名的情人：锡诺普，科洛尼斯，玛尔珀萨，雅辛托斯，达佛涅

子女：阿斯克勒庇俄斯，米利都，林纳斯

主要的属性：预言之神

次要的属性：音乐与医疗之神、牧群与新建城市的保护神

他的标识：雄鹰，蛇，乌鸦，蝉，狼，海豚，里拉琴，月桂树，数字7（由他的出生日期而来）

著名的古典雕塑杰作《观景楼的阿波罗》。

神庙、神示所与圣地：德尔斐的神示所、罗马帕拉廷山上的阿波罗神庙、德洛斯圣岛

"里拉琴和弯弓是我最珍爱的财产，

而透过神谕我将宣示主神宙斯一贯的意志。"

长发的远射手福玻斯如此说道，

然后他在众多女神的惊叹中走上了

尘世间的宽广道路。

荷马献给阿波罗的祷歌，第 2 章 133-139 行

正如先前所提及的那样，阿波罗出生于德洛斯岛上，与他的孪生姐姐阿耳忒弥斯一样爱好弓箭，而且也时常残忍地处置冒犯自己的人。就许多意义上来说阿波罗都是诸神之中最像人类的一位，和人类一样充满天赋却又命途多舛，文明开化但也能做出阴暗野蛮之举。阿波罗的多面性同样也能从他作为神的属性中体现出来，这其中包含着迥然不同的职能。他是预言之神，又是艺术的保护神，尽管他是治疗之神，但他的利箭却通过疾病的方式杀戮。

阿波罗和阿耳忒弥斯一长大就把追踪他们母亲当年逃离赫拉怒火的路线当作首要的事来做。他们一路上向那些曾经拒绝收留勒托的人证明了有比赫拉的不满还糟糕的事存在，而这其中显然就包括他们两人的愤怒。一只名叫皮同的龙曾经在勒托逃亡的时候冒犯过她（后来一种巨蟒以它的名字命名）。阿波罗追踪到皮同在帕尔那索斯山山洞里的老巢，并在那里最终杀掉了它。因为皮同一直有在洞穴中作预言的习惯，所以阿波罗接管了他的这项工作，他在帕尔那索斯山上的德尔斐神示所因此也很快成了一个重要的圣地。阿波罗通过拦截一艘从克里特岛出发载满虔诚者的船获得了他的第一批祭司，他化作一种类似鱼的生物强迫这些人掉头前往德尔斐。即使在阿波罗的灵魂从类鱼生物中离开之后，它的

形体依旧存续了下来，后来的人用这趟旅程的目的地来为这种生物命名——德尔斐尼乌姆（Delphinium），也就是海豚（the dolphin）。

阿波罗非常认真地对待自己艺术的保护神这一身份。他成了缪斯们的保护者，甚至直至今日许多城市都有阿波罗的圣殿——剧场（Odeons），最早的音乐和戏剧就是在这些神庙中被庆祝的。

陷入恋爱的阿波罗

达佛涅　如果说阿波罗不能随便取笑的话，那么另一位擅使弓箭的神祇爱若斯显然也轻慢不得。因为嘲笑爱神配对的弓箭软弱无力，阿波罗被爱若斯用金色的箭头直穿心脏。中箭后的阿波罗疯狂地爱上了宁芙达佛涅（劳丽尔）。不过爱神已经用铅制的箭头射中了达佛涅，使得达

阿波罗和玛息阿斯

　　雅典娜曾经试过吹笛子，不过最终还是不了了之了，因为吹笛子会使她的脸颊鼓起来，显得很不雅观。被丢掉的乐器被一个名叫玛息阿斯的萨梯捡到了，并很快就学会了熟练地吹奏。于是他狂妄地向音乐之神阿波罗提出了竞赛的挑战。尽管神和萨梯的演奏同样好，不过最后阿波罗还是被裁定为胜利者，因为他即便把乐器颠倒过来还能够同样演奏，并伴以歌唱。不过因为一些裁判是阿波罗手下的缪斯女神，结果显然存在着某种程度上的偏袒。而剩下的一位裁判弥达斯王（参见本书105页）投出了唯一一张异议票支持玛息阿斯，阿波罗为了"奖赏"他，在他颅骨上接了一对驴耳朵。而玛息阿斯的命运甚至更惨，因为他的妄自尊大，阿波罗将他的皮活剥了下来——根据希罗多德的说法，被剥下来的皮在他生活的年代还被挂在弗里吉亚的卡塔拉克铁斯河附近，据说阿波罗与玛息阿斯的竞赛就是在此处举行的。

佛涅只会不断地逃避阿波罗的追求，她最终陷入无处可逃的境地，只好将自己变成了一棵月桂树，这种树后来也以她的名字命名（bay laurel）。即使这样，阿波罗还是想要占有她，他把月桂树的树干用来做里拉琴和琴弦，月桂树的树叶则用来编织竞赛胜利者所戴的桂冠——尽管和阿波罗不一样的是，这些胜利者只要得到这顶桂冠，通常就心满意足了。

卡珊德拉　看来爱神是下定了决心要为难阿波罗，他在随后的恋爱中接连受挫。尽管阿波罗赠予了她预言的天赋，特洛伊公主卡珊德拉还是拒绝了他的求爱。（怀恨在心的阿波罗随后对她的天赋动了些手脚，因而卡珊德拉虽然能够预知真相，但却从不会有人相信她。）

锡诺普　这名叫锡诺普的贵妇答应了阿波罗的求爱，不过却要求自己无论提什么条件阿波罗都要首先满足她。结果她提出的要求是让自己终生都保留处女之身。不过有的说法称她后来终于不再拒绝阿波罗的求爱，因为她的儿子塞勒斯（Syrus）后来成为了叙利亚人的始祖。土耳其的一座城市就以这位女士的名字命名。

玛尔珀萨　这名贵妇最终选择了同一位凡人结婚，而不愿意冒和神祇展开恋情的风险。

科洛尼斯　尽管她曾经同阿波罗同床共寝，不过最终她却嫁给了另一个人。出离愤怒的阿波罗杀掉了她后才发现她早已经怀上了自己的孩子。他不得不尽一切手段来救下这个孩子，这个孩子就是医药之神阿斯克勒庇俄斯（参见本书 117 页）。

雅辛托斯　在向男性求爱这方面，阿波罗的桃花运也没有好到哪里去。他曾经爱上过一个叫雅辛托斯的美少年，却意外投掷铁饼杀死了自己的爱人。从雅辛托斯头上迸出来的鲜血化为了与其同名的花朵——风信子（Hyacinth）。

其他情人　阿波罗的其他情人也在世界上留下了痕迹。其中的一个叫昔兰尼的女性建立了古代利比亚地区的一座大城，而另一段情史中生下的儿子米利都则建立了一座希腊名城。阿波罗和一位缪斯生下了一个

后世文化艺术作品中的阿波罗（福玻斯）

　　阿波罗在很多绘画中都曾出现，像老卢卡斯·克拉纳赫创作于约 1526 年的《阿波罗与戴安娜》，提香绘于 1570 年至 1576 年间残酷血腥的《玛息阿斯被剥皮》，文雅的尼古拉斯·普桑绘于 1630 年至 1631 年间的《阿波罗与众缪斯在帕尔那索斯山上》。他对达佛涅的追求也吸引了许多画家的注意，这当中包括乔凡尼·巴蒂斯塔·提埃坡罗作于 1755 年或 1760 年的《阿波罗追求达佛涅》，罗伯特·勒费弗尔作于 1810 年的《达佛涅逃离阿波罗》，居斯塔夫·莫罗作于 1856 年的《阿波罗与九缪斯》，以及 J. W. 沃特豪斯作于 1908 年的《阿波罗与达佛涅》。

提香细致地描绘了玛息阿斯遭到剥皮的过程。

　　阿波罗与玛息阿斯之间的音乐竞赛为约翰·塞巴斯蒂安·巴赫名为《福玻斯与潘神的争吵》的乐章提供了灵感。莫扎特在年仅 11 岁的时候就向进军乐坛发起了尝试，而他在这阶段的一首主要作品的标题就叫《阿波罗与雅辛托斯》，创作于 1767 年。

叫林纳斯的儿子，天主教的第二任教宗，一个卡通人物还有某知名电脑操作系统的发明者都以他的名字为名。近年来，爱神似乎不再成心为难阿波罗了，于是与阿波罗同名的系列飞船第十一代也终于征服了月神塞勒涅。

阿耳忒弥斯（戴安娜），狩猎女神

父母：宙斯（父亲）、勒托（母亲）

配偶：无

著名的情人：无

子女：无

主要的属性：山林和野兽的女神

次要的属性：狩猎女神，常与月神塞勒涅、巫女之神赫卡忒相关联

她的标识：鹿、白杨树、月亮

神庙、神示所与圣地：以弗所的阿耳忒弥斯神庙，意大利巴亚的戴安娜神庙，任何野生牧场、草地

你奔跑灵敏，掷射神箭，夜的流浪夜女，

你殷勤、自由如男儿，带来荣誉

奥尔蒂阿，催促分娩，养育年轻人！

永生的大地神女，你猎杀野兽，

统领群山森林，穿射野鹿，多么威严！

俄耳甫斯教祷歌 36，致阿耳忒弥斯

野兽女神戴安娜，摆出少女式拉弓姿势。

在古希腊罗马世界中，狩猎是一项严肃的营生。乡村的很多土地都未经耕作，野兽无论对人还是庄稼都是很大的威胁。狩猎具有控制害兽、提供肉类和体育运动的三重功用，而且当时几乎每个居住在乡村的人都会从事大量狩猎活动，狩猎已经成为了他们日常生活的一部分。狩猎的风险同样是巨大的。除了熊与野猪（就力量而言它们比任何个体猎人都强大得多），追逐的过程本身就有很多危险，其中包括有些过于兴奋的猎人朝着错误的方向投出锐器这一可能性。猎人们需要一个神祇来守护他们，这点并不让人意外，这份职责最后就落到了阿耳忒弥斯的头上，毕竟她是守护所有野外生命的处女神。

阿耳忒弥斯是双胞胎中较年长的那个。她在孩童时代曾经向父亲宙斯请求过要一直保有处女之身，然后和随从的宁芙和成群的猎狗一起漫游山间。和阿波罗一样，她把弓箭作为自己的武器（她的弓由独眼巨人们用白银制成），她和阿波罗一起，为她母亲曾受到的任何侮辱复仇。

阿耳忒弥斯和阿波罗向尼俄柏证明了神祇不能被轻率地嘲弄。

有一个叫尼俄柏的女人显然并没有听说过这对姐弟对那些曾经拒绝收留勒托的人的报复（参见前文），她夸耀自己比勒托还要尊贵六倍，因为自己有着七儿七女，而勒托却只生了一儿一女。一阵迅疾的箭雨很快让冒犯女神者付出了代价，尼俄柏没剩下任何一个孩子能让她再继续夸耀了。

阿耳忒弥斯化为星座的随从：普勒阿得斯七仙女、卡莉斯托与俄里翁

普勒阿得斯　阿耳忒弥斯打猎时陪伴左右的七姐妹被称作普勒阿得斯（昴宿星团）。在保留处子之身方面这七个仙女显然远不如自己的领袖成功，她们几乎每个人都曾经和其他神祇发生过关系——其中有些还未必是自己情愿的。七仙女中最年长的迈亚是赫尔墨斯的母亲，而厄勒克特拉的名字则意味着"光明"，她的名字对于如今生活在地球上的人

阿耳忒弥斯和阿克泰翁

公元 5 世纪的花瓶上的画面：阿克泰翁被自己的猎狗所杀。

可能是因为她的地位比起有的神祇要低一点（赫拉曾经狠狠地抽过她的耳光，以至于她的箭都从箭袋中掉了出来），阿耳忒弥斯对她认为触犯自己尊严的行为尤为敏感。忒拜的王子阿克泰翁在林间打猎时撞见阿耳忒弥斯正在沐浴。盛怒的阿耳忒弥斯一发现有人正在偷窥她，就当即将王子变成了一只牡鹿。阿克泰翁当时身边还带着一群猎狗，他那群训练有素的猎狗一看到猎物就立刻将自己曾经的主人撕成了碎片。

应该也不陌生，因为她和琥珀同名（琥珀的希腊语拼法是 electron，即我们今天说的"电子"），而古代人使用琥珀来制造电光。

卡莉斯托　和情感生活混乱的七仙女一样，阿耳忒弥斯的另一个宠儿卡莉斯托也曾被宙斯勾引。在这之后卡莉斯托被变作了一只熊，我们并不清楚是谁把她变成熊的，尽管可以确定的是赫拉和阿耳忒弥斯对宙斯的这段私情都很不满。最后为了保护卡莉斯托母子，宙斯在天庭中给了她们庇护，把两人化作了大熊星座与小熊星座、今天的卡莉斯托和宙斯的另几个情人木卫一（伊娥）、木卫三（伽倪墨得斯）一样，都成了木星（Jupiter）的卫星。

俄里翁　阿耳忒弥斯既是野兽的保护者，但同时也热衷于打猎。她有一个叫俄里翁的猎伴，俄里翁是一名技艺精湛的猎人，他常常夸口要杀尽世界上所有的野兽。这使同时具有两种身份的阿耳忒弥斯陷入了纠结当中，不过在俄里翁被一只毒蝎所杀之后问题总算是解决了（有几个人物被怀疑要为他的死负责，其中就包括阿耳忒弥斯本人）。俄里翁曾经追求过七仙女，和卡莉斯托还有七仙女一样，他最终也变成了天上的星座（猎户座）。他腰带上的三颗星星使得他成为夜空中最显眼的星座，而且他直到今日还在夜空中对七仙女穷追不舍。

在特洛伊战争（参见第 8 章）中，亚该亚人的王阿伽门农多次冒犯了阿耳忒弥斯，而且她和她的兄弟阿波罗一样都是特洛伊方坚定的支持者。直到阿伽门农献祭了自己的女儿伊菲革涅亚，她才让希腊舰队得以起航，在这之前他们因为得不到顺风一直被困在港口当中。当阿伽门农显示出他要坚持献祭的决心之后，在最后关头阿耳忒弥斯用一只鹿代替了伊菲革涅亚作为祭品，此后伊菲革涅亚一直在她的监护之下。

罗马人称阿耳忒弥斯为戴安娜，以弗所的戴安娜神庙是世界七大奇迹之一。因她的出生地的缘故，阿耳忒弥斯也被称为德洛斯岛的阿耳忒弥斯，有人也直呼她为那座岛屿名字的阴性形式——迪莉娅。罗马人将阿耳忒弥斯转为戴安娜之后，这个名字直至今日都很常见，尽管菲比（这个名字是阿波罗的名字福玻斯的阴性形式）这个名字已经不像曾经那么流行了。

后世文化艺术作品中的
阿耳忒弥斯（戴安娜）和阿克泰翁

提香画笔下阿克泰翁撞见阿耳忒弥斯沐浴的场景。

　　阿克泰翁的故事吸引了很多著名画家的注意，这其中就有提香《戴安娜与阿克泰翁》（创作于 1556 年至 1559 年间），朱塞佩·切萨里《戴安娜和阿克泰翁》（创作于 1603 年至 1606 年间）以及弗朗索瓦·布歇的《出浴的月神》（创作于 1742 年）。

战神阿瑞斯（玛尔斯）

————◆————

父母：宙斯（父亲），赫拉（母亲）

配偶：无

著名的情人：阿佛洛狄忒，皮琳，瑞亚·席尔瓦，黎明女神厄俄斯

子女：德莫斯，福波斯，库克诺斯，斯巴达之龙，狄俄墨得斯，伊克西翁，哈尔摩尼亚，罗穆路斯和雷默

主要的属性：战争之神

次要的属性：无

他的标识：矛，啄木鸟，秃鹫，狗

神庙、神示所与圣地：罗马奥古斯都广场的玛尔斯神庙，雅典的阿瑞斯神庙，任何战场

————◆————

或许你可以指责我是好战又嗜血的阿瑞斯的忠实追随者，

不过我也曾接受过缪斯女神的教导，同样需要侍奉她们。

阿尔基洛科斯，《佣兵与诗人》（第一部分残片）

————◆————

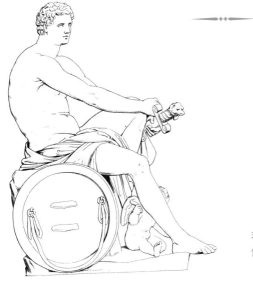

玛尔斯，脚旁坐着一只小天使，依罗马卢多维科别墅的战神雕塑所临摹。

阿瑞斯和雅典娜都有着战神的身份，然而雅典娜象征的是冷静的战略，而阿瑞斯象征的则是盲目的武力与暴力。因此，在特洛伊战争期间两个神祇的交手中，雅典娜两次都轻而易举地击败了阿瑞斯。阿瑞斯在特洛伊战争中支持特洛伊人一方，不过他也大可支持希腊人一方，因为对阿瑞斯来说，重要的是战斗和残杀本身，谁输谁赢倒是无所谓的。既然他持有这种态度，所以他无论在神祇还是在人类中都算不上多受欢迎，也就不足为奇了。即便是他的父亲宙斯，虽然他同赫拉结合生下了阿瑞斯，但他对这个儿子也怀着矛盾的情感，毕竟阿瑞斯更喜欢和好战又野蛮的色雷斯人，而非文明开化的希腊南部人待在一起。

卡德摩斯屠龙，背景中出现了雅典娜。

尚武的斯巴达人自然最为崇拜战神阿瑞斯，而且他们相信自己是阿瑞斯的一个儿子的后代。斯巴达人宣称他们的这位祖先就是被英雄卡德摩斯所杀死的一条水龙。当龙牙被撒入土地后，每颗龙牙被埋进去的地方都诞生了一个全副武装的战士，这就是最早的斯巴达人。卡德摩斯通过迎娶阿瑞斯的女儿哈尔摩尼亚来同阿瑞斯讲和，然后在他屠龙之处附近建立了忒拜城（忒拜城的遗址在史前时代恰好就是一片湖泊，这一点可能并非巧合）。

生下恐惧和惊慌之神（参见本书51页）的战神同时还生下了和谐之神似乎显得很奇怪，不过一些人宣称哈尔摩尼亚温柔的性格继承自她的母亲阿佛洛狄忒，当时阿佛洛狄忒正陷入与阿瑞斯的狂热恋情当中。如我们即将提到的那样（参见本书96页），阿佛洛狄忒的丈夫赫淮斯托斯对这段私情深怀不满，很快就找到了羞辱这两个人的办法。顺便提一下，卡德摩斯和哈尔摩尼亚就是被宙斯不情愿地烧死的塞墨勒（参见本书47页）的父母。黎明女神厄俄斯是阿瑞斯的另一个情人，而嫉妒的阿佛洛狄忒使她持续不断地陷入对形形色色的人的迷恋当中。

阿瑞斯会被人奇怪地同正义联结起来。这源自阿瑞斯曾经为了保护自己的另一个女儿免受波塞冬之子强暴而直接杀死了他。在这史上第一宗杀人案的审判中，阿瑞斯成功地在众神面前为自己辩护，这场审判发生的地点后来成了雅典城的一部分，这个地点从此被称为"亚略巴古"

赫拉克勒斯击伤阿瑞斯

阿瑞斯有个生性邪恶的儿子叫库克诺斯，他热衷于用他杀死的过路人的颅骨与其他骨殖为他的父亲建造神庙。在一名叫赫拉克勒斯的过路人出现的时候，他邪恶的事业终于遭到了挫败。阿瑞斯继承了他母亲对赫拉克勒斯的仇恨，因此立刻上前帮助他的儿子攻击赫拉克勒斯。雅典娜也随即出现帮赫拉克勒斯挡住了阿瑞斯的攻击，那时赫拉克勒斯正全力对付库克诺斯以致无暇他顾。在意识到阿瑞斯的威胁之后，赫拉克勒斯直接击伤了阿瑞斯的大腿。战神不得不撤回奥林波斯山医治伤口（如果可能的话，还有受挫的自尊），不再受到妨碍的赫拉克勒斯迅速了结了嗜血的库克诺斯的性命。

（Areopagus）。雅典城中所有的杀人案都在此审理，圣保罗后来也是在此处作下了那篇公开声讨包括阿瑞斯在内的异教神祇的演讲。

尽管古希腊人对他们的战神的确抱着复杂的情感，不过阿瑞斯在罗马就受欢迎多了，在罗马阿瑞斯的形象同许多其他民族的战神形象融合在一起，变成了战神玛尔斯。据传，战神玛尔斯使维斯塔处女、王位继承人瑞亚·席尔瓦受孕生下了罗马城的建立者：罗穆路斯与雷默。尽管奥古斯都大帝平日里是阿波罗文明、开化的技艺的崇拜者，他在罗马城中自己新修建的奥古斯都广场中建成的却还是战神玛尔斯的神庙。他将其称为复仇者玛尔斯神庙，因为他将自己战胜刺杀养父尤利乌斯·恺撒的敌人这一功绩归于战神玛尔斯的庇护。

现代世界中的"红色星球"（火星）依旧以玛尔斯的名字命名，而在古代通常开始行军的三月也以他的名字命名。"martial"一词意指和军事相关的事物，而动词"to mar"则指战争对地理环境留下的影响。手持盾牌背负长矛的重步兵形象也成了玛尔斯以及男性的象征，一如阿佛洛狄忒的手镜象征着女性。

赫淮斯托斯（伏尔坎），技艺精巧的能匠

父母：赫拉（母亲）

配偶：阿佛洛狄忒

著名的情人：阿提丝，阿格莱亚，雅典娜（其实不是，但差点就成功了！）

子女：潘多拉（他的造物），厄里克托尼俄斯，珀里斐忒斯

主要的属性：工匠之神

次要的属性：锻工们的保护神，火焰与火山之神

他的标识：铁锤，铁砧与铁钳，斧子

神庙、神示所与圣地：雅典的赫淮斯托斯神庙，利姆诺斯岛（岛上的国

际机场现在仍以赫淮斯托斯为名），西西里岛阿格里真琴的伏尔坎神庙

哦，缪斯女神啊，请你用嘹亮的噪音为赫淮斯托斯高声歌唱，

他因自己铁砧下的千种造物而熠熠生辉，

又同明眸的雅典娜一道，向人类展现他慷慨赠物的美妙。

如果我们的祖先不曾学会火神精湛的技艺，

那人类还将在洞穴与空谷间生存，与野兽也不曾有什么两样。

荷马献给赫淮斯托斯的祷歌 第2章第1-7行

赫淮斯托斯的身份首先是一个锻工，他在奥林波斯山上干着和古典希腊时代锻工同样的工作。作为奥林匹斯诸神中的圈外人，有时候赫淮斯托斯会被嘲讽，不过人们还是会因为他玄奥的技艺背地里恐惧他的存在。与古希腊早期的很多锻工一样，赫淮斯托斯是一个跛子。这是因为当时的锻工在冶炼铜矿石时有时会加入砒霜除去硫化物杂质，而在这一过程中会吸入毒雾导致砷中毒，继而跛足。希腊人则相信赫淮斯托斯的跛足是因为赫拉试图不借助四处猎艳的丈夫宙斯而独自生育子女失败的结果。赫拉厌恶她的这个孩子，以至于直接将他从天庭抛到了海洋中，赫淮斯托斯是被后来的英雄阿喀琉斯的母亲——海洋仙女忒提丝抚养长大的。

赫淮斯托斯在利姆诺斯岛上被抚养成人，后来这座岛成了崇拜赫淮斯托斯的宗教中心。也是在这座岛上，赫淮斯托斯学会了如何成为一名巧匠，比如赫尔墨斯的带翼凉鞋就是出自他之手。他也为奥林波斯山的其他神祇制造了鞋具，这当中就有为自己的母亲赫拉制作的坚韧凉鞋（赫拉在尝试穿着这双鞋行走时直接面朝下摔在了地上）。赫

拉要么就是没有感受到这件礼物释放的敌意，要么就没有意识到自己接下来收到的金王座也是出自这个儿子之手。赫拉一坐上王座，上面就冒出了无数的金线圈把她缚在了王位上。如果不把他重新接纳回奥林波斯山，再将美丽的阿佛洛狄忒许配给他做妻子，他就拒绝释放赫拉。因为狄俄尼索斯把他灌醉之后骗走了他的钥匙，他没能获得机会提出进一步的要求。

尽管赫淮斯托斯为天庭创造了好些实用的造物——当初是赫淮斯托

被冷落的丈夫赫淮斯托斯

赫淮斯托斯的妻子阿佛洛狄忒并不情愿跟他结婚，很快就和英俊潇洒的战神阿瑞斯之间展开了一段私情。这段关系事实上相当危险，毕竟大多数的神祇都因为收下了赫淮斯托斯制作的礼物或者工具而欠他的人情——就连阿佛洛狄忒那条著名的腰带都是出自赫淮斯托斯的手笔。太阳神赫利俄斯因为赫淮斯托斯为他打造的战车而感到需要报答对方，而当他驾着战车每日例行巡视天际时正好看到了阿佛洛狄忒和阿瑞斯这对爱侣正在卿卿我我，他就将这个消息告诉了赫淮斯托斯。（阿瑞斯已经预料到了太阳神到来的可能，因此他派了一个青年，时候一到就来警告他。因为这个青年没能完成这个任务，阿瑞斯把他变成了一只公鸡，从此公鸡就有了每天报晓宣示日出的职责。）赫淮斯托斯做了一张又精巧又结实的网偷偷罩在床上，等到阿佛洛狄忒和阿瑞斯沉浸于床笫之欢的时候，这张网就从上方落下来把他们缚得紧紧的，即便是勇武如阿瑞斯也丝毫动弹不得。赫淮斯托斯随后就邀请诸神来参观这个场面，尽管只有男性神祇占到了便宜，可以借机一睹阿佛洛狄忒这名副其实的肉欲的化身。

斯创造了潘多拉（参见本书 23 页）还有把普罗米修斯缚在岩石上的锁链（参见本书 21 页），也是因为赫淮斯托斯挥斧砍开了宙斯的头颅，才有了雅典娜的降生（参见前文）——然而他还是再一次被放逐了。

他这次的放逐是因为在他母亲赫拉与宙斯间一次司空见惯的争吵中站在了母亲一边。因为被赫拉对赫拉克勒斯无休无止的迫害所激怒，宙斯给他的妻子准备了极其严苛的惩罚，赫淮斯托斯可能向宙斯提出了强烈抗议，也有可能（据有的说法称）他直接采取了实际行动帮助赫拉。赫淮斯托斯被宙斯结结实实地扔出了天庭，在空中坠落了整整一天才落地。在被放逐到地上期间，赫淮斯托斯在西西里岛一直喷薄着岩浆的埃特纳火山下安好了自己的锻炉。在西西里岛上他创造了诸如会走路的三脚凳，还有青铜制的机器人等奇观。罗马人宣称只要维纳斯（阿佛洛狄忒）对他在外放逐的丈夫不忠，埃特纳火山就会突然爆发，尽管应当提一下，赫淮斯托斯被认为和美惠三女神中的阿格莱亚也保持着亲密关系（罗马人称她为查莉丝）。

罗马人将赫淮斯托斯称为伏尔坎，伏尔坎神与火山之间存在的某种相似性表明赫淮斯托斯接管了罗马的火神曾经具有的一些特性。伏尔坎神接受鱼作为祭礼，尤其是在八月点起篝火的火神节时。因为他是一位

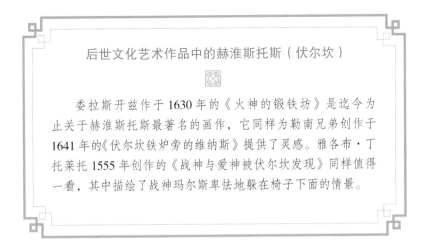

后世文化艺术作品中的赫淮斯托斯（伏尔坎）

委拉斯开兹作于 1630 年的《火神的锻铁坊》是迄今为止关于赫淮斯托斯最著名的画作，它同样为勒南兄弟创作于 1641 年的《伏尔坎铁炉旁的维纳斯》提供了灵感。雅各布·丁托莱托 1555 年创作的《战神与爱神被伏尔坎发现》同样值得一看，其中描绘了战神玛尔斯卑怯地躲在椅子下面的情景。

理智而又善于解决问题的神祇，所以经久不衰的科幻剧集《星际迷航》中出现的外星人"瓦肯人"（Vulcans）有着和火神同样的特质也不足为奇。一些包括汽车轮胎在内的橡胶制品在制作时都需要经历一个名为硫化（vulcanization）的硬化过程。

赫尔墨斯（墨丘利），门旁的信使神

父母：宙斯（父亲），迈亚（母亲）

配偶：无

著名的情人：德律奥佩，阿佛洛狄忒

子女：潘，赫尔玛弗洛迪托斯，奥托吕科斯，普里阿波斯，厄凡德尔

主要的属性：神之信使

次要的属性：唤梦者，运动员、旅人、骗子、妓女、逾越道德和法律界限者的守护神，洞察（因此有了诠释学 hermeneutics 一词）与雄辩之神。

他的标识：带翼手杖，带翼头盔，带翼凉鞋，公鸡与乌龟

神庙、神示所与圣地：庞贝古城的墨丘利神庙，萨摩斯岛上的赫尔墨斯与阿佛洛狄忒神庙

哦，强大的赫尔墨斯神啊……

请不要如此无情不去倾听我们的祈祷……

你在众神之中最慷慨、最大度，

也最像我们人类，

请赐福于我们吧。

阿里斯托芬，《和平》第385行起

刻有赫尔墨斯形象的宝石（通常情况下刻赫尔墨斯像的宝石都会选用祖母绿）。

作为诸神中最声名狼藉的一位，赫尔墨斯将他庇护的范围一并扩展至妓女、窃贼、骗子以及所有突破通常行为约束的人身上。因为这才是墨丘利的真实角色（罗马人如此称呼赫尔墨斯）。他站在边界之上，而且不吝于帮助任何逾越界限的人。因此，准备出行的旅人都会预先向这位神祇祷告，祈求他能在接下来的旅途中引导自己，而那些即将开始生命中最长也最黑暗的旅程的亡者也会发现赫尔墨斯正在等待着将他们平安地引向冥府。和珀耳塞福涅还有女巫之神赫卡忒（参见本书 119 页）一样，赫尔墨斯是少数几个可以在哈得斯阴暗的冥府中畅通无阻的神祇，因此起初也是由他护送被劫持的珀耳塞福涅回去见等待得心急如焚的德墨忒耳。

死去的角斗士会被打扮成赫尔墨斯的罗马化身，即墨丘利的工作人员从竞技场的"亡者之门"拖出。

从阿波罗那里赫尔墨斯获得了他的黄金手杖——卡杜修斯。卡杜修斯是一支上面刻有两条争斗的蝮蛇的带翼手杖，在赠给他这件礼物的同时，阿波罗同时也赋予了他新的属性，赫尔墨斯的新角色就是充当交战双方的信使，同时他也成了外交官和使者的保护神。事实证明这个新的职能与他本来的界限之神的身份颇为相称。

赫尔墨斯和里拉琴

　　赫尔墨斯还是个孩子的时候就显得十分早熟。他刚生下来就偷走了同父异母兄弟阿波罗的圣牛。在献祭了牛群中的两头牛之后，他将它们的肌腱当作弦穿过了他路上遇见的一只乌龟的龟壳。他对乌龟说："尽管你要死掉，但你的壳却能用来弹奏美妙的音乐。"就这样，他制造了第一把里拉琴。他把这把琴当作礼物，打消了追踪而来的阿波罗的怒火。（想要在预言与占卜之神面前遮遮掩掩可不容易。）赫尔墨斯不真诚地辩称自己年幼的身体需要牛乳的哺育，所以才偷走了阿波罗的牛群。这显然不是真的，不过里拉琴的创造者是个出色的骗子。阿波罗还是音乐之神，他被里拉琴的琴声迷住了，轻易地接受了赫尔墨斯的狡辩。赫尔墨斯说服他接受这件乐器，就此忘掉牛群失窃的不快。

　　赫尔墨斯只要穿着赫淮斯托斯赠给他的带翼头盔与带翼凉鞋就能在天庭、地上与冥府间穿梭自如，这些装备不仅仅让他能通行于各处，还能使他变得格外敏捷。所以不出意料的是，他成了诸神间的信使，直至今日他都继续履行着他的职责：几家报纸与通信公司都以他作为自己的标志，而且他同时也出现在英国陆军皇家通信团的徽章之上。他的黄金手杖经常被人同医药之神阿斯克勒庇俄斯（参见本书 117 页）的蛇杖所混淆，后者今日已经成了医疗职业中几个分支的象征。神的消息——被称为"angelia"，从此就有了自己的生命，化作了"天使"。彩虹女神伊丽丝也和赫尔墨斯分享众神的使者这一角色，希腊人经常能看到她在海洋、天庭间穿梭，最后又回到大地，留下一道拱形的弧线。

　　赫尔墨斯几乎天生就是搭讪的行家，据说他和阿佛洛狄忒生下了一个孩子，而赫淮斯托斯似乎对此事也并不在意。这个孩子就是生育之神普里阿波斯（Priapus，参见本书 51 页），他最显著的特征就是他有一只高度勃起的阴茎。滥用化学药品治疗男性性功能障碍导致一度罕见的阴茎持续勃起症（priapism）病例如今显著增长，有一些不幸的男性发现通过服用药物可以让性生活的质量和时间同步提高，结果却成了这种病症的牺牲品。

赫尔墨斯的另一个儿子赫尔玛弗洛迪托斯被名叫萨尔玛西斯的宁芙疯狂地追求，最后诸神也不得不同意让他们两人合为一体，成为了双性人（hermaphrodite），他同时具有男女两性的性征。赫尔墨斯还有一个孩子是林地之神潘（参见本书 109 页）。

后世文化艺术作品中的赫尔墨斯（墨丘利）

阿尼巴尔·卡拉奇在 1597 年至 1600 年间绘有《墨丘利和帕里斯》，而弗朗索瓦·布歇在 1732 年至 1734 年间画有《墨丘利将婴儿巴科斯交给宁芙》，还有委拉斯开兹作于 1659 年的《墨丘利与阿耳戈斯》，这幅画在 1734 年的时候从一场火灾中幸免，当时一个思维敏捷的工人直接将它从画框中切了下来，然后带着它飞速逃离了起火的阿卡萨宫。

委拉斯开兹画中的墨丘利与阿耳戈斯。

就像赫淮斯托斯的孩子往往是跛子一样，赫尔墨斯的子女也都继承了他的盗窃癖、狡诈的头脑还有天生的亲和力。因此，赫尔墨斯的儿子奥托吕科斯成为了著名的窃贼也并不奇怪，奥托吕科斯是奥德修斯的外祖父，而奥德修斯正是希腊人中最足智多谋、长于辞令之人。

作为墨丘利的赫尔墨斯在现代世界变成了水星，这个设定不仅显示了他和太阳（赫利俄斯）之间关系之紧密，还指他围绕太阳转动速度的迅捷。今天人们最为熟知的赫尔墨斯化身要属时尚领域的品牌爱马仕，这个与赫尔墨斯同名的品牌生产的围巾与皮包被狂热的顾客们视如珍宝。形容一个人情绪易变会用"mercurial"这个形容词，而还有一种缓慢流动的液态有毒金属也叫这个名字（水银），它提示你与墨丘利打交道会直接让你前往冥府。

狄俄尼索斯（巴科斯），三次降生的宴饮之神

父母：宙斯（父亲），塞墨勒（母亲）

配偶：无

著名的情人：阿里阿德涅，帕勒涅

子女：欧律墨冬

主要的属性：酒神

次要的属性：魅力的赋予者，友谊与解除忧虑之神

他的标识：葡萄，酒神杖与黑豹

神庙、神示所与圣地：位于雅典，毗邻同名剧院的狄俄尼索斯神庙，巴勒贝克（即今黎巴嫩）的巴科斯神庙，帕加马的狄俄尼索斯神庙

公元 3 世纪罗马石棺上的狄俄尼索斯，他被视为重生的象征。

我是狄俄尼索斯，众神之王宙斯的儿子，

由他和卡德摩斯的女儿，塞墨勒所生下，

在宙斯威严的雷光之中，

我由霹雳和火焰所接生。

在欧里庇得斯《酒神》的开场白中，狄俄尼索斯如此介绍自己

任何一个参加过家庭聚会的人对于节庆都不陌生，节庆中总是有着潜藏的暗流涌动，如果人们喝了太多酒的话，本来纵情欢乐的聚会就会走向癫狂与失控。古希腊人与罗马人对此深有体会，对他们来说，狄俄尼索斯（罗马人称酒神为巴科斯）可是一个十足危险、复杂而又令人情感复杂的存在，而非现代人想象中那个带着葡萄藤冠冕的欢快的狂饮者。

酒神的多次降生

狄俄尼索斯有着古怪的出生经历，以及同样古怪的成长经历。

第一次出生

我们已经提到过他的母亲塞墨勒是如何被宙斯显现真身时的雷光烧成灰烬的（参见本书 47 页）。为了救下自己尚未出生的孩子，宙斯匆匆从他母亲遗骸的子宫中取出了他，并在自己的大腿上割开口子将他缝了进去。

第二次出生

看上去神祇的大腿是替代子宫的绝佳环境，狄俄尼索斯终于长到了足月。不过保护他免受赫拉满怀嫉妒的报复可并不容易。在一个故事中，年幼的狄俄尼索斯被伪装成了一只小羊。

第三次出生

赫拉看穿了狄俄尼索斯的伪装，随后派去了一些提坦巨人撕碎了小羊，把它直接吞下了肚子。雅典娜抢救出了婴儿的心脏，随后将他的心脏重新移植进了子宫之中，酒神得以重生。狄俄尼索斯随后被假扮成女孩长大，他的形象经常有着雌雄同体的特征。

赫拉再次成功地袭击了狄俄尼索斯，这次她使狄俄尼索斯变得疯狂，后来酒神也经常以癫狂的形象出现。狄俄尼索斯以半精神错乱的状态在小亚细亚地区游荡，最远甚至到达了恒河地区，身边跟随着许多萨梯与酒神狂女。酒神狂女（Maenads）的字面意思就是"疯癫之人"——这些女性身着鹿皮，手持活蛇，人们认为她们在这种迷醉的状态下会活活撕碎动物，然后再把它们的肉直接生吃下去。一些古代人认为酒神狂女是在模仿提坦曾经对婴儿时

狄俄尼索斯的诞生。

期的狄俄尼索斯所做过的行为，仪式性地吞服下了她们的神祇——不过其他人通过喝葡萄酒也同样饮下了狄俄尼索斯的身体。

瑞亚治好了狄俄尼索斯的疯癫，之后他返回了希腊，他在那里费尽努力才使人承认他的神性，即便是古代人都认为这条传说可能反映了古典时代之前的希腊人对于亚洲教派崇拜的接受极为勉强。当然，狄俄尼索斯崇拜有很多与希腊其他神祇崇拜的不同之处。他的外表阴柔（虽然他是众神中最经常被描绘的神祇，但在画中他却从未以勃起的形象出现，而且画中的他经常作女性打扮），而他在他女性为主体的信徒中激起的疯癫情绪在古希腊罗马社会的父权制、崇尚男子气概的公共氛围中显然

弥达斯王

弥达斯是小亚细亚地区的一位国王，他是为世界留下了传奇的戈尔迪之结的那位国王的儿子。有一天弥达斯碰到了萨梯西勒诺斯——酒神的朋友与老师，他在与酒神彻夜狂饮之后，在宫殿的玫瑰园中醉得不省人事。弥达斯尽地主之谊款待了这位陌生人，还和他寻欢作乐了十天十夜，直到狄俄尼索斯来寻找他失踪的追随者时方止。为了报答弥达斯对西勒诺斯的款待，酒神答应他可以满足他一个愿望，弥达斯提出了那个著名的愿望：要把他的手触碰到的一切物品变成金子。很可惜弥达斯王没有注意到自己愿望的连带后果（这在那些寻求神祇帮助的人类身上很常见），结果就是他能碰到的所有东西都变成了金的。这当中当然也包括他平日里的所有饮食，甚至在某个版本的神话中，在他向女儿寻求安慰的时候连她也被变成了金子。最终狄俄尼索斯终于答应收回他赐予弥达斯的害人的礼物，他指引弥达斯去帕克托勒斯河洗去手上的神力，而这条河水从此也以盛产金沙而闻名。

会引起极大的不安。

罗马人觉得酒神崇拜的仪式非常令人困扰，它甚至在后来的罗马共和国时期引发了道德恐慌，数以百计被怀疑参加酒神的"秘密仪式"者被逮捕，其中很多都被处死。即使后来酒神节已经成为了许多古代城市生活的正常组成部分，人们还是很不情愿地才将他接纳进了常规的奥林匹斯十二主神之列。许多流传到今日的希腊多神教"正典"还特意拒绝将酒神列为十二主神之一。

狄俄尼索斯（巴科斯）与酒，尤其是酒后所陷入的迷醉状态之间有

疯癫的酒神狂女在狄俄尼索斯面前撕碎一个不幸者（位于图片左侧）的身体。

着不可分离的关系。狄俄尼索斯最早教会酿酒的第一个人被他的邻人所杀，他们认为这个人给他们下毒（某种意义上也可以这么说，因为醉酒"intoxication"一词中"toxic"的意思就是"有毒的"，而酒精的确是一种温和的毒性物质）。不过无论后来的希腊罗马人对狄俄尼索斯有多反感，他们都决不会抛弃这位神祇，毕竟抛弃他就意味着也要就此远离美酒。因此狄俄尼索斯象征着节庆、对平日文化约束的摒除以及逾矩行为的合法化。不过他还象征着不受禁锢的癫狂、难以控制的激情，尽管那些陷入酒神的迷狂状态中的人并不会被认为是精神失常，但狄俄尼索斯确实会让那些冒犯他的人（而非他的信徒）发疯。

狄俄尼索斯的象征是酒神杖——一支缠着葡萄藤，顶端放有棕榈球果的手杖。为了避免有人看不出它作为男性生殖器的象征这层意思（尽管在酒神节上这根手杖会被颇为可爱地雕成一个惟妙惟肖，解剖意义上十分精准的男性生殖器形象），酒神杖通常会和女性生殖器的象征——酒杯一同出现。狄俄尼索斯在节庆时经常被描绘成骑着黑豹或者是坐在豹子拉的战车上。

尽管狄俄尼索斯有着雌雄同体的传闻，他还是有许多情人，其中一位就是阿里阿德涅。据说他在阿里阿德涅被忒修斯遗弃（参见本书175页）之后收留了她。他们生下的儿子就是阿尔戈英雄之一欧律墨冬，伯罗奔尼撒战争的一处主战场后来以他的名字命名。

后世文化艺术作品中的狄俄尼索斯（巴科斯）

　　豪饮者巴科斯在画家眼中的确比形象更为复杂的狄俄尼索斯更有吸引力，最典型的例子就是乔凡尼·贝利尼作于1505年至1510年间的《婴儿巴科斯》中那个喝得烂醉的小婴儿。在圭多·雷尼作于1623年的《饮酒的巴科斯》中，这一主题甚至更为明显。提香在自己1520年至1523年间创作的作品《酒神与阿里阿德涅》中所描绘的巴科斯形象（从各种意义上来说）都更为成熟。

提香画中的巴科斯对阿里阿德涅一见钟情，甚至从战车上摔了下来。

　　酒神的石像无论是在古代还是现在的花园中都十分受欢迎，圣彼得堡艾尔米塔什博物馆中的《巴科斯》雕像就是这个题材中的杰出作品。在1909年，儒勒·马斯内甚至还以巴科斯为主角创作了一出歌剧。

5

下级神、魔法生物
与英雄们的祖先

在希腊世界中有着几十个神祇，不过到了罗马世界，他们的数量恐怕就要以千计了。不过这些罗马神祇中的大多数，甚至包括一些罗马主神，比如雅努斯，密特拉还有伊西斯都和我们的古典神话世界并没有多少交集。而我们要提到的在古典世界中最常见的神祇则是下面这些：

潘（西尔瓦努斯）

潘神在追求一位牧羊人，由一位信奉潘神的画家所作。

赫尔墨斯备受宠爱的儿子啊，

你生有山羊一样的前蹄，

> 是美妙乐声的狂热拥趸，
>
> 你与宁芙们一道游荡，
>
> 在无论是森林还是草地间徘徊。
>
> **荷马献给潘神的祷歌，第 2 行起**

------◆◆◆------

潘神的母亲是德律奥佩，她很可能曾经是普勒阿得斯七仙女（参见本书 87 页）中的一员。德律奥佩和好几位神祇都保持着暧昧的关系，其中就包括赫尔墨斯。她和赫尔墨斯生下的孩子生有羊足，头上又长着羊角，毛发浓密。德律奥佩看到自己生下来的婴儿居然是如此模样，不禁花容失色，尖叫着离开了他。因此潘神生下来就具有使人产生毫无根据的惊惧感的能力，今日的惊慌（panic）一词也是因他而来。

潘神被森林宁芙所收养，从此就以森林为家，他尤其偏爱居住在希腊南部阿卡迪业地区密林覆盖的山丘之中。他成了牧人与羊倌们的守护神，他的这些信徒的确对他十足虔诚，即便是到今日他的名字也没有被我们遗忘，尽管他羊足羊角的形象如今成了基督教的大敌——魔鬼的标志。作为一位生育之神，潘也不屈不挠地追求着宁芙们，其中一位名叫绪任克斯的宁芙为了躲避他甚至把自己变成了一片芦苇地。潘神用这片芦苇做成了一支排箫，直至今日人们提起他的名字的时候都会将其与排箫相关联，后来潘神就是拿着排箫向阿波罗挑战的，不过他最终在这场音乐比赛中输给了阿波罗。

后来雅典人将马拉松战役的胜利归功于潘神的直接干预。一名名叫斐迪庇第斯的传令兵（他一路狂奔向雅典人通报了胜利的消息，以致气竭而亡，雅典人为了纪念他的功绩直至今天都还重复着他当年跑过的这段距离的比赛。）在之前向斯巴达人通报消息的时候，讲述了他声称自己曾与潘神有过的一次对话。

复仇女神（厄里倪厄斯，狄拉厄）

有翼的复仇女神注定要使

专横而自负的希腊人，

遭受到毁灭的惩罚。

士麦那的昆图斯，《特洛伊城的陷落》第 5 章第 520 行

希腊世界中的复仇可以通过很多形式展现。厄里倪厄斯（Erinyes）是希腊人对复仇女神的称呼，意思是"愤怒者"，而罗马人则称这三位女神为狄拉厄（Dirae），我们如今不祥的 dire（极其危急的，糟糕的）一词也被认为是从 dirae 中衍生出来的。尽管也有人宣称夜神和哈得斯才是复仇女神的父母，但赫西俄德却坚持认为：复仇女神们从某种意义上可以说是阿佛洛狄忒的姐妹，因为她们也是从乌拉诺斯被克罗诺斯阉割时的精血中诞生的。

可能正是因为这个缘故，复仇女神们将为子女谋害父母的罪行复仇当作她们的毕生追求，不过很快她们就同样开始也会为谋杀、违背主宾礼节、渎神、亵渎圣地或者是其他侮辱神祇的罪行复仇。她们报复的方式一般是使人精神失常或者染上疾病。有时候如果冒犯者没有得到应有惩罚的话，他所身处的整个群体都会被复仇女神所惩罚，通常这种情况下复仇女神降下的灾祸会以瘟疫或者庄稼歉收的方式体现，而疯癫则会体现为不经考虑的强烈欲望（比如去侵略一个疆域辽阔，国力雄厚的邻国）。而正如你们所猜测的那样，现代词汇中表示狂怒的"fury"一词就是从复仇女神们的名字而来的。

尽管复仇女神们会接受被子女残虐对待的父母的呼吁，向他们的子女寻求复仇，不过似乎她们也会自行为渎神的行为实施报复。复仇女神总共有三位：分别是阿列克托、堤西丰和墨格拉。尽管剧作家埃斯库罗

斯把她们描绘成极其丑陋的蛇形怪物，一般情况下复仇女神们还是会被表现为三位穿着黑色丧衣、面容冷峻的年轻女子，而当她们寻求复仇的时候就会换上少女的短裙装，齐膝猎靴，并以鞭子武装自己。

俄瑞斯忒斯面对复仇女神（古代石棺嵌板上的画面）。

涅墨西斯

━━◆◆◆━━

母亲，哦，我的黑夜母亲，

你把我生养，复仇活人和

死去的魂灵——请你聆听！

埃斯库罗斯，《复仇女神》第321行起

━━◆◆◆━━

与复仇女神相比，夜神那不眠不休而又无人可以逃避的女儿涅墨西斯管辖的范围要更广一些。她被视作一种接近于平衡万物的准则般的存在，是众神中最反复无常的那位好运女神堤喀的对立面。当堤喀赠予那些并不够格的人好运时，不眠不休的涅墨西斯就会紧随其后，降下与之相对的不可回避的厄运。她尤为属意于为那些狂妄傲慢或者过于自负的人带去灾祸。现代世界有一则谚语：骄兵必败（pride goes before a fall），而古代人则认为这样的失败是由涅墨西斯所推动的，或许毁灭的悬崖就在你的眼前。

比如，曾经有一个美少年被那位被诅咒只能重复别人说过的话的宁芙厄科（参见本书 60 页）所爱慕，不过他却对厄科全无兴趣。在遭到强硬的拒绝之后，厄科日渐憔悴甚至最后化作了虚空，除了她的声音什么也没留下。于是涅墨西斯诅咒了他，令他陷入了对水塘中自己倒影的狂热迷恋当中。这个美少年，也就是纳喀索斯，因为不舍得从自己的倒影旁离开，在水塘边日渐憔悴。他为后世的心理学家们留下了自恋人格（narcissistic personality）这一现象来研究，还有一朵和他同名的花——水仙（narcissus）。据说纳喀索斯的灵魂现在还在斯提克斯河岸边，充满爱意地凝视着自己水中的倒影。罗马人将涅墨西斯称为福尔图纳（Fortuna），直至今日仍有许多意大利人对她的名字充满敬畏。

涅墨西斯甚至还跟富庶而又庞大的特洛伊城的最终陷落有着关系。根据某个版本的传说，宙斯曾经试图追求涅墨西斯，不过涅墨西斯不断变化自己的形态试图分散宙斯的注意力。在她变成一只鹅的时候，宙斯将自己变成了一只天鹅，并以天鹅的形态最终赢得了她的芳心。他们结合生下了一个蛋，而从蛋中孵出了凡人中最美丽的海伦。在这个传说中，海伦是由勒达抚养长大的。不过一般认为，宙斯是通过重复化作天鹅的伎俩，引诱了勒达并与她生下了海伦。

后世文化艺术作品中的涅墨西斯

阿尔布雷希特·丢勒创作于 1500 年的《涅墨西斯》中的女神显然正在考虑要如何处置一座城市的命运，这座城市一般被认为是奥地利蒂罗尔地区的丘萨。萨尔瓦多·达利在自己1937 年创作的《水仙的蜕变》中提到了纳喀索斯的故事。

克罗伊斯的财富

克罗伊斯是小亚细亚的吕底亚国王，因豪富而闻名于世。他意识到自己有生以来一直处在某种不祥的幸运当中。为了逃避涅墨西斯的报复，他决定将他最爱的那枚戒指扔进大海。不幸的是，他一周之后享用鱼宴时，在鱼腹里发现了那枚戒指，堤喀女神以这样的方式将戒指还给了他。涅墨西斯同时也在为这位幸运女神的宠儿准备惩罚：一支波斯的侵略大军正准备带给克罗伊斯真正的厄运。不过很快就轮到了波斯人受到报复，波斯人刚一击败克罗伊斯，就确信自己将在马拉松击败并奴役希腊人，侵略的大军甚至还带上了一块巨石，打算在战后用这块石头雕成标志着胜利的纪念碑。在希腊人将其击败后，他们也一并俘获了这块巨石。对于这样的一块石头，唯一合适的做法就是用它去制作涅墨西斯的雕像，雅典人于是将这尊神像放在了阿提卡地区拉姆诺斯城的涅墨西斯神庙当中。

狄俄斯库里：海狸与加倍的甜蜜

特洛伊的海伦还有两个哥哥。尽管他们是双胞胎，但是这对兄弟却有着不同的父亲，其中一个的父亲是人类，另一个则是宙斯。这就意味着卡斯托耳（字面意思是"海狸"）是凡人，而波吕丢刻斯（字面意义是"加倍的甜蜜"）则拥有永生。这两个兄弟被合称为狄俄斯库里，而他们参与到了他们那一时代几乎所有英雄冒险的狂欢当中。

他们曾经与阿尔戈英雄们（参见本书 141 页）一起远征，还参加了

后世文化艺术作品中的勒达

勒达对许多艺术家来说都是难以抗拒的形象，像贾姆皮特里诺在约 1520 年就创作了《勒达和她的子女》，莱昂纳多·达·芬奇也画过《勒达》，不过我们今天所见的已经都是复制品了。

莱昂纳多·达·芬奇画中的勒达，画面中的她拥抱着天鹅，
同时蛋中孵出了几个孩子。

卡吕冬野猪狩猎（参见本书 148 页），随后为了解救自己被忒修斯拐走的妹妹（参见本书 179 页）还参与了对雅典城的围攻。他们曾经因为争抢新娘和另外一对兄弟结下了宿怨，他们在这场宿怨引起的争斗中被击

败，卡斯托耳也在战斗中失去了性命。不过兄弟情深，波吕丢刻斯做出了为后世的兄弟之情树立了典范的举动，他主动要求将他不死的神性分一半给他的兄弟，所以这对兄弟每天一半的时间在奥林波斯山，另一半则在冥府。

作为罗马人口中的卡斯托耳与波鲁克斯，这对兄弟被奉为战神，罗马人将城市广场中的一个主要神庙奉献给这对兄弟来表达对他们的尊崇。

在每年的 5 月 21 日到 6 月 21 日间出生的人会和狄俄斯库里产生特殊的关系，因为这对兄弟如今已经成了双子座的标志。

美惠女神

正如我们已经提到的那样（参见本书 57 页），美惠女神共有三位：阿格莱亚（光辉），欧佛洛绪涅（欢乐）和塔利亚（激励）。她们是爱神阿佛洛狄忒的侍女与随从，不过在舞蹈的时候爱神也会加入她们的行列。美惠女神（罗马人称她们为 the Graces）为阿佛洛狄忒编织罩袍，阿佛洛狄忒在被赫淮斯托斯羞辱（参见本书 96 页）之后逃到了帕福斯岛上，美惠女神们也跟随她而去，在那里安抚她的情绪，并一直细心照顾着她。美惠女神的父母以及她们自己的名字在各版本的资料中都略有不同，有时出现的女神也并不是三位，不过无论何时她们都象征着温柔，愉悦的心情与欢乐。美惠女神们天然喜欢宴会，因而古代人在筵席或者晚宴的开场都会祈愿她们到来。

阿斯克勒庇俄斯

阿波罗的儿子，阿斯克勒庇俄斯，

满怀喜悦地接受了这绺发束的赠礼。

为了备受崇敬的神祇，恺撒的宠儿

情愿用秀发，来表示对神祇的敬意。

斯塔提乌斯，《希尔瓦》第3卷第4首

在最广为接受的神话版本中，阿斯克勒庇俄斯是阿波罗与一个名叫科洛尼斯（参见本书83页）的凡人女性生下的孩子。科洛尼斯犯下的最大的错误就是抛弃了被爱神所妨害的阿波罗，而她接下来又选择了与一个凡人结合无异于火上浇油。对于已经受到了伤害的阿波罗来说，她宁愿选择凡人而不是神祇作为情人的行为简直是侮辱。阿波罗准时地出现击杀了不忠的情人，此后才发现她已经怀上了自己的孩子。

雕刻在一块宝石上的阿斯克勒庇俄斯像。

阿斯克勒庇俄斯是在自己母亲葬礼的火堆上被阿波罗强行救下的，后来他被交给温和的半人马喀戎（参见下文）抚养长大。阿波罗是医疗之神，而阿斯克勒庇俄斯也跟随父亲选择了医者的职业。雅典娜给了他帮助，赠予他奇迹般的治疗天赋——实际上，他甚至能够起死回生。这点在天庭造成了巨大的骚动，因为冥府的亡灵竟然能够不经哈得斯的准许直接离开，哈得斯对此异常憎恶。最终冥府的主人向他的弟弟宙斯陈情，即便是宙斯也同意阿斯克勒庇俄斯显然是在僭越地位更高的哈得斯的权威，于是他用闪电火将阿斯克勒庇俄斯打入了塔耳塔洛斯。阿波罗虽然十分悲痛，却也不敢直接与父亲发生冲突，因此他转而向打造了闪电火的独眼巨人们寻求报复。然而这同样大大地激怒了宙斯，如果不是阿波罗的母亲勒托苦苦恳求的话，阿波罗还会遭到更加严厉的惩罚。

不过古代人相信阿斯克勒庇俄斯伪装成一条蛇逃出了塔耳塔洛斯，然后他继续在蛇的伪装下教导人类医术。这也是今天医疗行业用蛇杖当作自己标志的原因。医疗行业（medical profession）这一名词可能是从阿斯克勒庇俄斯的女儿梅狄翠娜（Meditrina）的名字中衍生而来的，而如果你遵循他的另一个女儿许革亚（Hygieia，即 hygiene——个人卫生）的指示的话，能够有效地减少见到那些梅狄翠娜手下医生的概率。同样地，你也可以向阿斯克勒庇俄斯的第三个女儿帕纳息娅祈愿，她有着治愈一切的神力，也许你很快就能从病床上康复重新露面。

罗马人有着这样的传统：如果奴隶被认为病得太厉害，无法医治的话，就会被送到台伯河圣岛上的阿斯克勒庇俄斯神庙中（那里直至今日都还有一个医院）。克劳狄皇帝曾下令：如果被送到神庙中的奴隶能痊愈，就将获得自由之身。

缪斯女神

缪斯们都是宙斯和谟涅摩叙涅生下的女儿，作为阿波罗的随从，她们协助着人类在各种艺术领域中的努力。缪斯女神的数量在传说中有着一名、三名、九名等不同说法，而尽管人们认为她们的居所在皮奥夏地区的赫利孔山上，但许多其他地方的山泉与水井也被传说和她们有着密切的关系，当中最有名的应该算是德尔斐和帕尔那索斯山了，这里也是她们的上司阿波罗消磨时间的去处。如果要获得灵感的话，通常你要向恰当的缪斯寻求帮助，在创作出成功的作品后也要向她们表示谢意。九名缪斯中的每一位都对应着一个特定的艺术领域。

卡利俄珀（Calliope）：史诗

克利俄（Clio）：历史

欧特耳珀（Euterpe）：音乐与抒情诗

特耳西科瑞（Terpsichore）：歌词与舞蹈

埃拉托（Erato）：抒情诗，尤其是爱情与色情诗

墨尔波墨涅（Melpomene）：悲剧

塔利亚（Thalia）：喜剧

波吕许谟尼亚（Polyhymnia）：默剧与圣诗（合唱）

乌拉尼娅（Urania）：天文学

后世文化艺术作品中的缪斯

在后世艺术作品当中对于缪斯女神形象最有趣的重现之一要属理查德·萨缪尔创作于 1778 年的《阿波罗神庙中九位缪斯的画像》，他将自己时代的九位文学上的女性领军人物画成了九位缪斯的形象。

赫卡忒

拿着火把的赫卡忒女神，

是胸怀深沉的夜神的女儿。

巴库利德斯，残片1B

十字路口的三头赫卡忒女神，这尊雕像是希腊原件的复制品，制于罗马时期。

赫卡忒曾经协助德墨忒耳寻找珀耳塞福涅（参见本书 72 页），并在夜间手持火把继续搜寻珀耳塞福涅的踪影。当她们最后发现珀耳塞福涅在哈得斯的宫殿中时，赫卡忒觉得冥府很合她的口味，就留在冥府成为了阴间的神祇。赫卡忒的性格就是如此令人难以捉摸，即便是那些已经习惯了他们的神祇偶然为之的古怪举动的信徒，也会认为她的确令人不安。赫卡忒担负着监督宗教仪式、净化与赎罪的职责，因此你会经常发现她会在凡人与那些阴暗的存在（比如不眠不休地追逐着作恶者的涅墨西斯和复仇女神）之间，担任调停的角色。

赫卡忒的圣地位于十字路口。因此人们经常会选择十字路口作为召唤恶魔或者会见女巫的所在（直到 19 世纪英国还会把杀人犯和自杀者葬在道路交叉之处），因此赫卡忒也理所当然地成了恶魔的女主人以及女巫的保护神。

尽管巫师或者有些想要施加咒语或诅咒的人会因为赫卡忒的神力向她献祭，不过普通的希腊罗马人向赫卡忒献祭一般却是因为希望她不要展示自己的神力，或者是祈求她所管辖的那些满怀恶意的存在不再去危害人类的生活。

赫卡忒一般在夜间出行的时候都会由曾经的特洛伊王后赫卡柏陪伴，赫卡柏在特洛伊陷落之后曾用血腥的手段复仇，杀死了一个杀掉她儿子的仇人，因此被赫卡忒变成了一只黑狗（参见本书 200 页）。常出现在她身旁的还有一只原本是女巫的臭鼬。赫卡忒本人有着马、狗与狮子三位一体的形态，而当她出现在自己位于十字路口的圣地时，就会变幻出人类的形态朝向剩下的第四个方向。

在古典世界有着这样的传统：满月时在十字路口放上一些食物（最好是蜂蜜）作为给赫卡忒的祭品，而路过的穷人们将会代表女神心怀感激地吃掉这些食物。

厄里斯（狄斯科耳狄亚）

一种（女神）天性残忍，挑起罪恶的战争和争斗；

只是因为永生天神的意愿，

人类不得已而崇拜这种粗粝的不和女神，

实际上没有人真正喜欢她。

赫西俄德《工作与时日》11 行起

厄里斯是夜神尼克斯残忍冷酷的儿女中的一员。然而她过分地擅长并且热衷于自身那执掌纷争与不和的角色，以至于许多人甚至将她称作阿瑞斯的姊妹。厄里斯是执掌争端的女神，无论这争端体现为小的家庭争吵还是全面爆发的国际战争的形式都一样。厄里斯还有着另外一种作为神的属性，她会唤起人与人之间的竞争与对抗之心，这点倒是可以带来良好的影响。根据赫西俄德的说法，一个原本怠惰又贫穷的人在看到他邻人肥沃的土地时可能会受到厄里斯的激励，回去重整自己早已荒芜的土地，并获得成功。当然厄里斯也可能会蛊惑他，使他召集一小帮狐朋狗友打着公平分配的旗号去掠夺邻人的田地。万事万物都不过是她引起纷争的工具。

荷马曾经评论道：争端女神本来力量十分渺小，不过通过鼓动对立双方的情绪，增添他们的痛苦，她最后甚至能长到"头顶天穹"的程度。一般人都认为，她煽动不和的大师之作是因为没有被邀请参加忒提丝的婚礼（参见本书 185 页）所作出的报复。海宁芙忒提丝是许多神祇的友人与帮手，这些神祇全都欣然出席了她与凡人珀琉斯的婚礼。不过厄里斯出于某种原因却没有受到邀请，这也不足为奇，毕竟没有人想要争端出现在婚礼上。既然厄里斯不能参加婚礼，她就将一只刻着"给最美丽的人"的金苹果送到了婚礼的现场，但这只金苹果上却并没有指明具体的受赠者。阿佛洛狄忒，赫拉和雅典娜都宣称自己才该获得这只苹果，当这一事件的余波终于消散时，成百上千的战士已经死在了特洛伊的城墙下。

赫拉克勒斯的无用功

伊索曾经讲过这样一则寓言：在赫拉克勒斯经过一个山口的时候，他发现地上放着一个苹果。他出于无聊，随意挥棒砸了一下苹果，不过苹果不仅没有被砸得稀烂，甚至好像比之前立得更稳了。赫拉克勒斯绝非知难而退之辈，所以他接下来用他当年杀死怪物的力道又给了苹果几下重击，这几下重击甚至让大地都开始颤动。然而苹果不仅没有被砸烂，甚至在这样的重击下还长得越来越大了。尽管赫拉克勒斯从不以脑子灵光而著称，不过当苹果长得已经大到能拦住他要走的路时，他也明白最好不要再继续砸下去了。这时，一向偏爱这位肌肉健硕的半神的雅典娜女神出现了，她向他解释说这颗苹果是厄里斯女神幻化出来的。如果你将争端的源头放在那里不管的话，它还会保持原来的大小，但是一旦你被它所鼓动，你砸得越起劲，它也会变得越大，成长的速度也会越快。

萨梯（法翁）

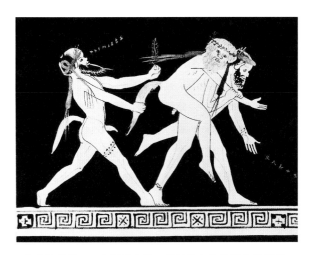

嬉戏的萨梯，一个制于公元5世纪的红色花瓶上的画面。

神话世界中，除了人类之外，还有着许多其他的智慧生物。我们已经见过了宁芙，海宁芙以及提坦，他们都带有某种程度的神性。不过有两个物种却同人类十分相近，甚至某种程度上地位还要低于人类——他们就是萨梯和半人马（尽管这两个物种中也有些智识远高于普通凡人的例外）。

作为酒神和宁芙们在林间的随从，萨梯们热衷美酒、女人与歌谣也不让人意外。事实上现代医学术语中用来形容男性过度、难以抑制的生理欲望的"色情狂 satyriasis"一词就是因他们得名的，用来形容具有同样症状的女性的词则是 nymphomania。

古代人相信萨梯们易于屈服于性欲是一种道德缺陷。然而，萨梯们显然比人类更能享受生活，即便是古代人也不得不承认萨梯们（除去追求宁芙之外）确实懂得如何为自己找乐子。

不过萨梯也有很多种——尽管他们依照定义，无一例外都是男性。

年轻的萨梯被称作萨梯里斯科依，而那些年长而又长着马尾的萨梯会被称作塞勒尼（比如酒神的随从西勒诺斯就是塞勒尼，参见本书 105 页）。不过这些萨梯随着神话世界的发展，很快也丧失了自己身上似马的特征，被人同一种长着羊足，很像公山羊的生物帕恩相混淆，这些生物因为与潘神类似，于是被恰如其分地称作"Panes"。尽管有着堕落颓废的生活方式，但他们的身体却意外地十分健壮，不过他们很早就会秃顶，这也使得他们头上那多节的角显得格外突出。准确地说，法翁和萨梯是两种不同的物种，不过即使是古代人很快也不再去区分这两种生物。（但法翁和英语中的幼鹿 fawn 毫无关联，后者来自古英语。）

　　因为即便是在狄俄尼索斯陷入癫狂的时候萨梯们也一直陪伴着他，所以他们也一并受到了人类的尊敬，雅典节庆时的萨梯剧与现代的讽刺剧（satire）并没有任何关联（"讽刺"一词有着不同的词源）。放荡不羁的赫尔墨斯也同样十分喜欢和萨梯一起玩乐。

一只酒杯内部的画面——喜好酒色的西勒诺斯宴饮正酣。

值得一提的萨梯有擅长音律的玛息阿斯（参见本书82页）和克罗透斯，后者作为鼓手而闻名，善于击鼓使他成了缪斯们的友人。古希腊的嗜酒者可能会被邀请向莱纽斯举杯致敬（莱纽斯是一只古代萨梯，同时也是酿酒者的保护神），然后通过一杯接一杯的畅饮向西勒诺斯致敬，后者是醉酒者的保护神。

<h1 style="text-align:center">半人马</h1>

阿瑞斯的儿子伊克西翁是一个招摇撞骗的恶棍。他曾经杀死自己的岳父，不过之后得到了宙斯的宽宥。接下来他又想要追求自己的祖母赫拉。宙斯怀疑伊克西翁居心不良，就把一片云变成了云之女神涅斐勒，涅斐勒与赫拉外观上几乎一般无二。伊克西翁果然对涅斐勒进行了性侵，这使得他被罚永远绑在一只燃烧着的巨轮上（这只巨轮由一只叫伊尹克斯的宁芙化成，后世的巫师们也经常使用伊尹克斯之轮作为施法道具，

忽冷忽热

在一则古代寓言中，有只萨梯正在冬日的林间游荡，他碰巧看见一个患了风寒的人。因为对那个人的行为感到好奇，他就向那人询问缘由。那人回答说，自己的手都快冻僵了，不得已只得吹气暖手。萨梯为这个人的困窘感到同情，于是邀请他到自己的家中，还为他做了一碗汤来暖身子。因为汤太烫了，这个人向汤上面吹气想要让汤凉下来。萨梯一看到这人在吹气就把他赶出了家门，说人不可能同时又会吹冷气，又会吹热气。直至今天，我们还用"忽冷忽热"（blowing hot and cold）来表示人前后的态度不一。

于是伊尹克斯一词后来成了现代词汇"下诅咒",即 jinx 的词源)。伊克西翁的强暴也使涅斐勒怀上了他的孩子,当她的羊水破了之后,从随后发生的降雨中诞生了半人马。

半人马们身处文明世界的边缘,尽管半人马也拥有智慧,但因为他们是从暴烈的肉体欲望中诞生的,他们很容易失去自制,和萨梯一样,半人马也极易为情欲所驱使。不过和萨梯不同的是,半人马本身的力量十分强大,发情的半人马也因此十分危险。

丘比特骑在半人马身上,罗马时代的希腊雕像复制品。

曾经被波塞冬从女人变成一个刀枪不入的男性战士的那位开尼斯(参见本书64页),就是被半人马用松树的树干砸死的。人类无法与半人马发展友谊最主要的原因就是半人马莽撞、难以理喻的天性。塞萨利国王庇里托俄斯曾经邀请过半人马来参加自己的婚礼,不过半人马们一喝醉就试图强暴新娘还有所有的女性宾客,婚礼现场很快就变成了群殴的战场。奥维德记载了这一血脉偾张又极度血腥的场面：

———◆·◆·◆———

（半人马欧律提翁）踉踉跄跄地向后退了几步，倒在地上死去，

他失去力量的身子撞在鲜血淋漓的地面上，鲜血从他的口中

与创口上喷涌而出，与脑浆还有鲜红的美酒搅在了一起。

他的那些兄弟，也和他一样有着粗莽的天性，

他们为兄弟的死所激怒，决心用行动来为兄弟复仇，

打头的几个大喊起来："拿起武器！拿起武器！"

醉醺醺的半人马们因为酒精的作用变得更加狂暴，

在血战当中，原本被用来盛装食物与酒水的杯子、瓦罐还有圆盆

都被双方当作武器使用，碎片在空中飞舞，一道散布着死亡。

奥维德，《变形记》第 12 卷第 220 行起

———◆·◆·◆———

即便是一个聪明而有教养的半人马朋友可能也会很危险。半人马福罗斯曾经在洞穴里招待赫拉克勒斯，不过美酒的香气还是使洞外的半人马陷入了狂暴。赫拉克勒斯用他最熟悉的方式解决了问题——他杀掉了视线之内的所有半人马。福罗斯也算是死在了他的手下，福罗斯在摆弄赫拉克勒斯浸毒的弓箭时不小心伤到了自己的脚，为了奖赏他尽管出自好意但是带来了灾难性后果的好客之心，他被提升到了天界，成了半人马星座（这一星座中的半人马 α 星是银河系中离我们最近的恒星）。

阿喀琉斯的老师喀戎是我们所知的另外一只"好"半人马，因为他和那些半人马们有着不同的出身，他是克罗诺斯和一个宁芙的儿子。不过喀戎也影响了阿喀琉斯的天性，使他变得更加残暴，因为他会向阿喀琉斯喂食自己捕获的猎物温暖的鲜血。喀戎对医学颇有研究（医用的植物矢车菊，即 centaury 也因他而得名），但尽管如此，当他被沾有许德拉毒的箭矢命中的时候也无法医治自己，陷入了无尽的痛苦当中（没错，这支毒箭的主人又是赫拉克勒斯），所以他只能自愿放弃永生，让自己

化作了天上的星座。尽管喀戎的确和半人马有着关联，不过因为他生前善于用弓，所以他被化作的是射手座，射手座因而通常会被描绘成一只半人马的形象。

万神庙浮雕中半人马与人类的战斗。

6

英雄和他们的冒险

> 我要说的是战争和一个人的故事。
>
> 《埃涅阿斯纪》开篇

　　在荷马生活的时代之前，如果你能够买得起全套甲胄，最好还能有一架战车，就可以被称为英雄了。不过自从像赫拉克勒斯和珀尔修斯这样的英雄进入古典神话的世界之后，英雄的定义就发生了改变，他们一般都有着半神的身份，能够跟神祇来往，借助神祇的帮助，他们最终得以实现非凡的功绩。（有一种名为海洛因，即 heroin 的危害极大的鸦片制剂就是因为可以让人产生完成这般功绩的幻觉而得名。）英雄们的功绩通常都通过猎杀怪物的方式体现，随着怪物的死亡，世界会变得更加富有秩序，人类的生活也会更加安全。虽然古典神话中成百上千的短篇神话都与大大小小的英雄相关，不过这些神话中的大多数都是我们下面几章要提到的事件的分支情节。

英雄冒险的基本套路

　　英雄被安排的任务往往是前往某个遥远的地方击杀一只凶狠的怪物，或者是将那里的某物带回家乡，或者两件都要做，就像在珀尔修斯的故事里那样（参见下文）。通向英雄的目的地的道路往往困难重重，需要借助神祇的帮助还有英雄与生俱来的机智才能涉险过关。英雄们在开始冒险的时候往往会受到乖戾命运的捉弄，抑或是被某个与其作对的女神所阻碍（而对于宙斯所生下的那些英雄后代而言，这位女神基本上可以被默认为赫拉）。尽管有时候神话中的英雄们可能下场凄惨，不过他们和任何其他时代的英雄一样，总能拿到安慰奖——无论怎样他们都能抱得美人归。

从根本上来说，英雄冒险需要经历以下几个步骤：

第一步

出身：平民就不要考虑了，神话中那些最伟大的英雄都身份高贵，甚至有的还是半神。可能阿尔戈英雄们的领头人——拥有王族血统的伊阿宋的确身份尊贵，不过和他的同伴，宙斯之子赫拉克勒斯相比就显得很寒酸了，赫拉克勒斯跟他在一起，简直就像一个到贫民窟里体验生活的皇亲贵胄。

第二步

乖戾的命运：英雄往往生下来就有命中注定的苦难等着他。既然想要逃避命运注定会徒劳无益，因而大多数英雄都会致力于把自身的苦痛一并带给那些罪有应得的受害者，而且越多越好。

第三步

身受驱役：神话故事中的英雄总是会落入某位性情乖僻的国王的掌控中，而他正处心积虑为我们的英雄增添新的磨难……

第四步

……比如差使他去完成一件**自杀性的任务**。

第五步

帮助：我们的英雄在考虑如何完成任务的时候一般就会得到其他英雄或者神祇提供的道具，甚至神祇们本人都会作为帮手出面。

第六步

冒险的旅程：我们的英雄接下来就要面对自己的命运了，不过他们在到达终点之前一般都会沿路留下一连串尸体。而在赫拉克勒斯的故事里甚至会更夸张，满怀恶意的女神与热衷于挥舞棍棒的英雄之间频繁的冲突使得蒙受杀戮者的数量大大增加。

第七步

完成功绩：冒险的结局有些时候的确很激动人心，不过有些时候却会有虎头蛇尾的感觉。

第八步

英雄返乡：与第六步一样，这一过程同样会留下遍地尸体。

第九步

尾声：我们的英雄终于能够还乡，通常情况下，这时他们都会顺路遇上自己的女性伴侣。而往往也是在这时，差遣英雄的那位讨人嫌的国王也凄惨地死掉了。

"取回怪物头颅的"珀尔修斯

秀发浓密的达那厄生下了著名的骑手珀尔修斯……

他带着两件宝物：有翼的凉鞋与黑鞘的宝剑。

赫西俄德，《赫拉克勒斯之盾》第215行

在雅典娜的帮助下，珀尔修斯斩获美杜莎的头颅离去。

出身：珀尔修斯是达那厄的儿子，属于达那俄斯（参见本书 31 页）家族的一支，他是阿克里西俄斯国王的外孙，也是众神之王宙斯的儿子。

乖戾的命运：珀尔修斯命中注定要杀死自己的外祖父，获悉了这个预言的阿克里西俄斯国王立刻想尽办法来确保自己的女儿不会生下后代。不过宙斯化作一阵黄金雨进入了幽禁达那厄的房间，使他的一切防范都化作了泡影。

身受驱役：珀尔修斯和自己的母亲一道被外祖父放逐，后来他在试图追求自己母亲的波吕得特克斯国王的监护下长大。波吕得特克斯故意向珀尔修斯征收一笔养马的税金，因为他知道珀尔修斯无力偿付。

自杀性的任务：波吕得特克斯下令珀尔修斯必须杀死戈耳工美杜莎，还要带着她的头颅回来见自己，用来代替他原本需要偿付的税金。

帮助：赫尔墨斯借给了珀尔修斯一把锋利的宝剑还有青铜做的盾牌（当然他也把自己那著名的有翼凉鞋借给了珀尔修斯），而雅典娜则对如何找到美杜莎提供了具体的建议，一些友善的宁芙甚至还借给他一顶能让人隐身的帽子。

冒险的旅程：雅典娜指引珀尔修斯来到了一个洞穴，洞穴里住着三个知道美杜莎所在的女巫。这三个丑陋的女巫共用同一只眼睛和同一颗牙齿，珀尔修斯做了件不甚光彩的事——在女巫们用手传递着共有的那

戈耳工美杜莎

戈耳工姐妹一共有三位，她们都有天赋的惊人美貌，尽管三位中只有美杜莎（字面意义为"女王"）是凡人。不过很不幸，这三位姐妹都极度自负于自己的美貌，她们甚至还夸耀自己的美貌要胜过诸神。当然如果不是美杜莎胆大妄为到敢在雅典娜的神庙中和波塞冬发生关系的话，诸神可能原本不会在意这三姐妹的无礼。雅典娜立刻将戈耳工三姐妹都变得面目丑陋，她还尤为关照了美杜莎，把她光辉夺目的长发变成了咝咝作响的群蛇，雅典娜的诅咒使得美杜莎的形象变得极为恐怖，谁要是看见了她就会立刻被化作石头。

只眼睛时，他一把抢走了眼睛，以此威胁她们说出了美杜莎的藏身之处。然而在出发之前他又将那只眼睛丢进了附近的湖水里。

完成功绩：珀尔修斯戴上了帽子使自己获得了隐形的能力，又把青铜盾牌当作镜子，透过盾牌的反射观察美杜莎的行动，这样他就不会与美杜莎的视线相对了。他只一击就使美杜莎身首分离，然后凭借着有翼凉鞋带着美杜莎的头颅逃之夭夭，这一切发生得太快，剩下的那两只戈耳工姐妹还没来得及理清刚刚发生了什么。

英雄返乡：在埃及短暂停驻的时候，珀尔修斯碰巧撞见了被缚在岩石上等待被海怪享用的安德罗墨达。（安德罗墨达会落得如此处境，都是因为她的母亲卡西奥佩娅夸耀自己的女儿拥有神祇般的美貌。）珀尔修斯杀死了海怪，并与安德罗墨达成婚。安德罗墨达曾经的未婚夫带着一群人试图用武力抢亲，却都被珀尔修斯用美杜莎的头颅变成了石头。

尾声：波吕得特克斯也被美杜莎的头颅变成了石头，所以达那厄就不再需要受这桩婚事的困扰了。在一场体育赛事中，珀尔修斯丢出的铁饼不幸误杀了自己的外祖父，一如神谕所预言的那样。珀尔修斯与安德罗墨达在这之后也一直过着幸福的生活，这在古代神话故事中倒是十分罕见的。

脚注：雅典的重步兵后来经常将戈耳工的头颅画在自己的盾牌上，可能是寄希望于它能够像雅典娜那只不可穿透的羊皮盾上的戈耳工头颅一样，起到非凡的保护作用。

珀尔修斯的一个儿子珀尔赛斯向东迁徙，成了后来的波斯民族的祖先。珀尔修斯，安德罗墨达还有卡西奥佩娅死后都被化作了天空中的繁星。安德罗墨达（仙女星系）是一整个星系的名字，不过珀尔修斯（英仙座）却仅仅是一个星座。其中的英仙座 β 象征着戈耳工的头颅，所以可能最好还是不要对它盯视太久。

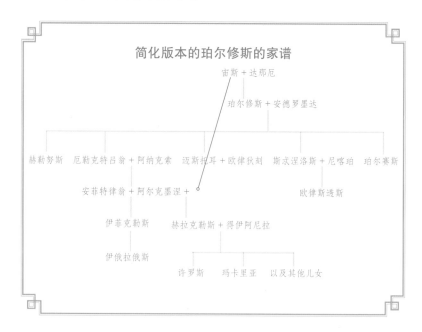

后世文化艺术作品中的珀尔修斯和美杜莎

　　就如同提香的《达那厄与黄金雨》所带来的直截了当的感官冲击一样，珀尔修斯传说中的暴力与色情元素也使许多后来的艺术家都难以抗拒。在雕塑领域，艺术家围绕这一题材所创造的杰作有本韦努托·切利尼于 1545 年至 1554 年间完成的《手持美杜莎头颅的珀尔修斯》，安东尼奥·卡诺瓦首展于 1801 年的《手持戈耳工美杜莎头颅的珀尔修斯》(这两者的灵感源头可能都是意大利斯塔比伊圣马可别墅中的一幅罗马时代壁画)。

卡诺瓦的表现珀尔修斯手握美杜莎头颅的雕塑。

　　在绘画领域，还有卡拉瓦乔的《美杜莎》(他的确极为热爱这一主题，以至于在 16 世纪末完成了两幅这样的作品)，以及《美杜莎的头颅》，这一作品由老彼得·勃鲁盖尔与彼得·保罗·鲁本斯合作完成，创作于 1617 年至 1618 年间。

后世文化艺术作品中的珀尔修斯和安德罗墨达

此外，安德罗墨达的故事也使得艺术家们能够把施虐与受虐行为以高雅文化的形式表现出来，许多人都迫不及待地抓住了这一机会，这其中就有鲁本斯(《安德罗墨达》，创作于 1638 年)，皮埃尔·米格纳尔德(《珀尔修斯与安德罗墨达》，创作于 1679 年)，西奥多·夏塞西奥(《被海洋宁芙缚在石头上的安德罗墨达》，创作于 1840 年)，乔尔乔·瓦萨里(《珀尔修斯与安德罗墨达》，创作于 1570 年至 1572 年)，古斯塔夫·多雷(《安德罗墨达》，创作于 1869 年)以及爱德华·波因特(《安德罗墨达》，创作于 1869 年)。

(非常奇怪的是，神话传说中从未提到过安德罗墨达是被一丝不挂地缚在石头上的，不过古典时代之后的艺术家们却坚持安德罗墨达必须要一丝不挂地出现在画面中，非要找个理由的话，或许是怕她的衣服会卡在海怪的牙缝里。)在雕塑

领域，有丹尼尔·切斯特·法兰奇(《安德罗墨达》，作于 1929 年，雕塑中的安德罗墨达以裸体的方式呈现)以及皮埃尔·普杰(《珀尔修斯与安德罗墨达》，创作于 1678 年至 1684 年间，雕塑中的安德罗墨达也近乎裸体)。在戏剧领域，安东·齐默曼创作了《安德罗墨达与珀尔修斯》。

波因特画中的安德罗墨达
被缚在石头上。

柏勒洛丰：吕西亚的空中骑士

狂暴的喀迈拉……与男人匹敌的阿玛宗……

从辽阔的吕西亚挑选出（的）最勇敢的人……

他们都被那个白璧无瑕的人杀死。

《荷马史诗·伊利亚特》第 6 卷第 179 至 190 行

出身： 他的父亲是科林斯国王格劳科斯，他也是希绪弗斯的孙子。他原本是一个名叫希波诺俄斯的年轻人，生得风流倜傥，因为杀死了一个叫贝勒卢斯的人而被放逐到阿尔戈斯（他也因此而得名，"柏勒洛丰"的意思就是"杀死贝勒卢斯的人"）。

乖戾的命运：无

身受驱役： 在阿尔戈斯的时候，柏勒洛丰赢取了王后安提拉的芳心，这算不上什么好事，因为她已经嫁给了当地的国王。当柏勒洛丰轻蔑地拒绝了她的求爱时，她便诬陷柏勒洛丰企图强暴自己。

自杀性的任务： 他所接受的任务要求他在吕西亚（位于小亚细亚）境内完成几项不同的功绩，不过其中最主要的任务是猎杀喀迈拉。喀迈拉是恐怖的堤丰（参见本书 14 页）生下的孩子，它是一只有着狮子的前半身，母羊的躯干与蟒蛇的尾巴的怪物，能够口喷火焰（也正因为如此，现代医学中使用这个词来指称被基因改造过的动物）。

帮助： 长着翅膀的骏马帕伽索斯（还有它那更少为人了解的兄弟克律萨俄耳，他是巨人革律翁的父亲——关于革律翁的词条参见本书 161 页）是美杜莎（参见本书 133 页）和波塞冬那场不正当的私情的产物。美杜莎的血液中一直都带着波塞冬留下的精种，在她被杀时飞溅到大地的血液中诞生了飞马帕伽索斯，毕竟波塞冬还有着作为骏马之神的身份。帕伽索斯一路飞到了希腊，当它抵达帕尔那索斯山时，一股清泉从它落

柏勒洛丰的祖父

希绪弗斯不仅仅是诡计的大师，也是地峡运动会的建立者（直到罗马时代科林斯人还在举行这项赛事）。他曾经向河神阿索波斯透露过阿索波斯的女儿被宙斯劫掠到了哪里，作为回报，他为自己饱受干旱之苦的王国赢得了一汪珍贵的泉水，即皮里尼泉。结果宙斯直接将他罚下了塔耳塔洛斯，不过诡诈的希绪弗斯却设法逃了出来。他在临死前就设好了诡计：命令妻子在自己死后不得收殓自己的尸体，也不允许举办葬礼——而他的妻子果然照办了。他在冥府中成功说服了哈得斯让自己短暂地重返尘世，以惩罚他那不尊重死者的妻子。而一返回尘世他就拒绝兑现诺言返回冥府，他的第二次生命漫长而又幸福，就是在这段时光中他生下了格劳科斯，未来的科林斯国王与柏勒洛丰的父亲。当这位狡诈的客人第二次死亡的时候，哈得斯终于有机会可以好好报复他了。他被罚推着一块巨大的石头上山，这种苦役永远都不会有尽头，一旦石头马上就要到达顶端它就会自动滚回山下，而希绪弗斯将不得不从头越过。在现代，那些无意义或者无止境的工作也会被称作"希绪弗斯式的劳作"。

地时的蹄印中涌出，这就是希波克里尼泉，许多诗人的灵感之源。

当柏勒洛丰向雅典娜寻求帮助的时候，雅典娜赠给了他一副有魔力的马具，凭借这套马具他驯服了帕伽索斯。

冒险的旅程：尽管阿尔戈斯的国王在托柏勒洛丰转交的信件上要求吕西亚国王在柏勒洛丰刚到的时候就直接除掉他，不过万幸的是，直到柏勒洛丰前去除掉喀迈拉之后，吕西亚国王才打开这封致命的信件。总而言之，柏勒洛丰的这段旅程还算平静无事。

完成功绩：柏勒洛丰使用一支铅制的长矛与喀迈拉战斗，并刺入了它的喉咙。当喀迈拉向柏勒洛丰喷火的时候，它喉咙上的长矛被火焰熔化，滚烫的铅液最终使这只怪兽窒息而亡。

英雄讶乡：柏勒洛丰完成任务之后留在了吕西亚。这时已经意识到自己被要求除掉柏勒洛丰的吕西亚国王又派柏勒洛丰和帕伽索斯去对抗一连串的敌人，不过每一次他们都取得了胜利。最终，吕西亚国王放弃了罪恶的意图，对柏勒洛丰吐露了真情，还允许柏勒洛丰娶了自己的女儿。

尾声：平静、富足的生活反而使柏勒洛丰变得焦躁不安，甚至傲慢自大。最终他甚至试图骑着帕伽索斯一举登上奥林波斯山。宙斯派了一只牛虻去叮咬帕伽索斯，受惊的帕伽索斯猛地跃起，让柏勒洛丰跌下了马背。此时的柏勒洛丰不仅断了腿，而且还被毁掉了容貌，同时远离家乡："在柏勒洛丰被众神所憎恨的时候，他就独自在阿勒伊昂原野上漂泊，吞食自己的心灵，躲避人间的道路。"（《荷马史诗·伊利亚特》第6章第200行）柏勒洛丰死于流亡之中，而很妙的是，将拿破仑·波拿巴放逐到圣赫勒拿岛上的那批舰船中有一只的名字正是"柏勒洛丰"号。

脚注：飞马帕伽索斯并不是永生的，在它死后它也化作了天上的星座。帕伽索斯成为了古典神话中最为历久弥新的符号之一，现在的许多产品商标中都有它的形象。例如，我所正在书写的这篇文章就是用华硕（Asus）公司出品的电脑完成的，这家公司的名字正是帕伽索斯（Pegasus）去掉头三个字母后所留下的单词。

后世文化艺术作品中的柏勒洛丰

几千年来的艺术家一直乐于使用飞马的形象：乔凡尼·巴蒂斯塔·提埃坡罗在 1746 年至 1747 年间曾经画过《骑着帕伽索斯的柏勒洛丰》，鲁本斯在 1635 年也画有《骑着帕伽索斯的柏勒洛丰与喀迈拉战斗》，除此之外，约翰·尼波默克·沙勒也于 1821 年创作了雕塑《柏勒洛丰与喀迈拉战斗》。

寻找金羊毛的伊阿宋

弗里克索斯吩咐我们

前往埃厄忒斯宫中召回他的灵魂，

同时带回那只公羊的皮毛，

那羊从海上救过他命。

品达颂歌第 4 首第 285 行

出身：他是塞萨利王室支系成员的儿子。出于错综复杂的原因，他从小被半人马喀戎抚养长大。

乖戾的命运：拥有乖戾命运的不是伊阿宋，却是珀里阿斯国王。他一直受到赫拉的怨恨，神谕曾经警告过他要小心"只穿着一只凉鞋的人"。

身受驱役：伊阿宋所犯的错误就是不该只穿着一只鞋子就去国王的宫殿（他先前过河的时候弄丢了另一只凉鞋），这位暴君虽然杀人成性，但他对伊阿宋的猜疑的确出之有因。

自杀性的任务：珀里阿斯给他下的任务是将金羊毛带回塞萨利。金羊毛的起源与涅斐勒（参见本书 125 页）有关，她同塞萨利的第一任国王结合，并生下了两个孩子——赫勒和弗里克索斯。这位国王奉行一夫多妻的信条，所以很快又娶了第二任妻子，她是卡德摩斯和哈尔摩尼亚的女儿（参见本书 92 页）。国王的第二任妻子十分嫉妒这两个孩子，于是她通过播种烘烤过的谷种来蓄意破坏王国内的收成。

当国王遣人前往德尔斐神庙请求神谕时，她又买通了信使，让信使声称只要献祭了涅斐勒的孩子，王国的收成就能恢复正常。涅斐勒提前获悉了这个计划，通过她与神祇间的关系从赫尔墨斯处获得了一只拥有魔力的公羊。涅斐勒的儿女们骑着这只公羊一路向东飞行，但赫勒却在穿过亚洲与欧洲的边界时从公羊身上摔了下来，坠海而亡，从此这片海域也被称为赫勒斯滂。弗里克索斯则成功地抵达了黑海畔的科尔基斯，在那里他将公羊献祭给了诸神，而剥下来的金羊毛则被他钉在树上，由一只巨龙看守。

这只公羊后来成为了白羊座（Aries，拉丁语中的"公羊"）。白羊座一升起，农夫们就知道应该播种谷物了。如果在这之前播种的话，种子则会干瘪，这也正是金羊毛传说为人们所知的原因，至少伪许癸努斯在他《天文的诗歌》第二卷中是这样宣称的。

帮助：伊阿宋召集了一群冒险者一起寻找金羊毛（包括音乐家俄耳甫斯，赫尔墨斯的两个儿子，珀里阿斯的儿子，狄俄斯库里以及伟大的英雄赫拉克勒斯——参见后文）。然后他在雅典娜的指示下造了一艘船——"阿尔戈"号。这艘船的船首是用宙斯多多那神示所的一棵神圣橡树所制作，这艘船本身具有意识，而且不吝于表明自己的意见。

探险的旅程：

1. 他们在利姆诺斯岛短暂停留了一段时间。岛上的女人们杀死了所有的男人，在岛上独自生活。用一种委婉的方式来说的话，岛上的女性"敞开胸襟"欢迎了整船的英雄。伊阿宋和她们的女王许普西皮勒生有几个儿女。

2. 他们在赫勒斯滂逗留期间，当地的国王基齐库斯袭击了这群英雄。去攻击一整船的英雄，这本身已经是不智之举，如果这群英雄中还有赫拉克勒斯的话，恐怕就更是大大地不明智了。基齐库斯被以自己名字命名的那个城镇的居民所埋葬，这个城镇后来成了古代世界中的一个重要城市。

3. 他们在旅程中遇上了各式各样的障碍，这其中就有会撞沉过往船舶的暗礁。一名叫菲纽斯的盲先知在被阿尔戈英雄们从哈比的魔爪中拯救后，主动为他们引路。后来俄耳甫斯的音乐使得一行人能够毫发无损地从骇人的塞壬（参见本书 143 页）的海域经过。

衣衫变得更凌乱了一些：伊阿宋从龙的口中出现。

完成功绩：羊毛在埃厄忒斯国王的严密看守之下（他是帕西法厄的哥哥——帕西法厄词条参见本书 158 页），他承诺只要伊阿宋为自己完成一些耕犁与播种的工作就把金羊毛交给他。不过用来拉犁的牛却长着黄铜的蹄子，而且还会杀人，要播种的种子也是龙牙，一种下去就会长出嗜杀成性的全副武装的战士。

不过伊阿宋吸引了埃厄忒斯的女儿——神通广大的女巫美狄亚的注

哈比与塞壬

诸神间那位美丽的信使伊丽丝女神有两位（一说是三位）性情恶劣的姐妹，她们被称为哈比。Harpyiae一词意味着抢夺者，而她们也确实扮演着这样的角色，她们会窥视自己受害者的食物，在他们进食前将其抢走。即便是剩下的也会被她们散发出的难闻的臭味所污染，无论如何也没法再吃掉了。她们的羽毛像盔甲一样坚硬，脸色因饥饿而显得惨白。她们直到被阿尔戈英雄们驱逐之前一直折磨着先知菲纽斯，后来她们在一个岛屿上落户安家，要前往意大利的埃涅阿斯就是在这里遇见她们的。

公元7世纪的希腊花瓶上的哈比。

塞壬们原本是一些没能保护珀耳塞福涅的少女，因此被变成了像鸟一样的生物。她们主要栖息在意大利南部的岛屿，用美妙的歌声引诱过路的水手们走向死亡。不过如果塞壬们没能成功地诱惑其目标，她们自己就会死去。所以当塞壬们在与俄耳甫斯竞赛音乐失败时，阿尔戈英雄们几乎除掉了所有栖息于此的塞壬。后来奥德修斯也经受住了她们的魅惑，更多的塞壬也因此死亡。塞壬如今的声音比起原来显得聒噪多了，毕竟19世纪的蒸汽船使用着与她们同名的装置（siren也有汽笛的意思）；"塞壬的歌谣"现在也指那种充满诱惑但是最好还是拒绝的邀约。

意。她用药控制了那些耕牛，又向伊阿宋提供了建议，让他在那群战士一长出来的时候就向他们丢石头，使他们在混乱中陷入自相残杀。看守金羊毛的龙试图直接吞下伊阿宋，但美狄亚却迫使它放弃了自己的这顿美餐。

英雄返乡："阿尔戈"号带着金羊毛返航的时候，埃厄忒斯国王立刻派人出海追击，不过美狄亚预先考虑到了这种可能性，所以在逃跑的时候也带上了自己的弟弟。她有条不紊地将自己不幸的弟弟切成了碎块丢进海里，以此迫使自己的父亲不得不放弃追杀，为了收集到足够的尸块来举行葬礼。因为美狄亚犯下的这一残暴的罪行，阿尔戈英雄全员都需要接受女巫喀耳刻（参见本书 218 页）的净化来涤罪。

尾声：美狄亚说服珀里阿斯国王的女儿们将自己的父亲切成碎块再扔到大锅里煮沸，宣称这样就能使他重拾青春并获得永生。当她们发现珀里阿斯国王并没有从肉汤中复生时，伊阿宋和美狄亚就不得不陷入流亡之中。

在科林斯居住了十年之后，伊阿宋离弃了美狄亚，以便能够迎娶科林斯公主格劳刻（她是希绪弗斯的后人——参见本书 138 页）。美狄亚送给伊阿宋的新婚妻子一件璀璨夺目的结婚礼服，新娘一穿上身上就燃起了火焰（的确造成了"璀璨夺目"的效果）。火焰散发出的巨大的热量不仅杀死了新娘，也杀死了她的父亲。在继而杀死她和伊阿宋生下的孩子之后，美狄亚乘着一辆由龙拉着的战车逃到了雅典。

伊阿宋万念俱灰，坐在他挚爱的"阿尔戈"号投下的影子里缅怀昔日的光辉。不过经历了这么长的时间，造船的木材已经残破不堪，早已朽坏的船首掉了下来，砸死了伊阿宋。

美狄亚的故事为古希腊剧作家欧里庇得斯的名作提供了素材。老普林尼声称位于伊特鲁里亚的"阿尔戈斯的朱诺神庙"就是被一个名为伊阿宋的人所建立的，如果这就是阿尔戈英雄伊阿宋本人的话，这可能意味着伊阿宋在远征的时候曾经绕过很远的路，不过这在神话中却并没有被记录。

女巫之王美狄亚在格劳刻身上着火后立刻准备离开。

后世文化艺术作品中的伊阿宋与美狄亚

不出意料，对于艺术家们来说美狄亚是一个相当受欢迎的题材，在后来的艺术作品中她的风头甚至盖过了伊阿宋。在绘画领域，美狄亚这一题材曾经被居斯塔夫·莫罗（《伊阿宋和美狄亚》，创作于 1862 年），弗雷德里克·桑迪斯（《美狄亚》，创作于 1866 年至 1868 年间），J. W. 沃特豪斯（《伊阿宋与美狄亚》，创作于 1907 年），伯纳德·萨弗兰（《美狄亚》，创作于 1964 年）以及欧仁·德拉克洛瓦（《美狄亚》，创作于 1862 年）所选择。还有一部由马克－安托万·夏庞蒂埃创作的歌剧也叫作《美狄亚》。

莫罗画作中的伊阿宋与美狄亚。

普绪刻和丘比特

————◆◆◆◆◆————

我们现在耳熟能详的浪漫故事情节——女孩儿遇上男神，失去男神，然后又重新得到他——出现在神话文本中，是相对较晚的事情了。古罗马时代的小说仅有两本存留到了今日，而其中的一本，阿普列乌斯所著的《金驴记》中就出现了这样的情节。

出身：普绪刻的身世并不为人所知（这个名字在古希腊语中的意思是"灵魂"），不过可以确定的是她是一位国王的女儿，有着惊人（因此也为她带来灾厄）的美貌。

乖戾的命运：爱神因为嫉妒她的美貌而对她满怀怒火（因为这是一则罗马神话，所以这里的爱神是维纳斯）。

身受驱役：维纳斯派遣丘比特去破坏普绪刻未来的感情生活，但丘比特却爱上了普绪刻，而普绪刻当然也情愿接受丘比特的爱。丘比特把普绪刻带到了一个宫殿中居住，宫殿中所有东西都一应俱全，只不过丘比特禁止她看自己的正脸。当她违背了约定，看到了自己的丈夫之后，丘比特就离开了，让她落入了维纳斯手中。

自杀性的任务：维纳斯向普绪刻提出要求：如果她想夺回丘比特的话，就必须完成一系列越来越无理的任务证明自己的爱。

· 将一大篮混好的谷物分开（一些同情她的蚂蚁帮她完成了这项任务）

· 从生性凶猛，杀人成性的金羊身上取下羊毛（一位友善的河神帮她完成了这项任务）

· 从一处难以攀越的悬崖间的山泉取水回来，泉水旁还有许多毒蛇守卫（一只老鹰帮她取到了水）

· 前往冥府，带着珀耳塞福涅的赠礼返回（普绪刻勇敢地试图完成这项任务，不过最终还是失败了，她陷入了永恒的睡眠当中）

英雄返乡：早已原谅了普绪刻的丘比特唤醒了她。丘比特在谈判中有着至关重要的筹码，因为如果他不再工作的话，无论是人类还是动物都不再会有任何欲望繁衍生息，他借此要挟诸神召开会议讨论此事，最终朱庇特（也就是宙斯，不过故事发生在罗马）宣布丘比特可以和普绪刻成婚，在服用神肴之后普绪刻也获得了永生。

尾声：这对情侣后来的确永远幸福地生活在了一起——我们是在字面意义上使用"永远"这个词的。丘比特和普绪刻生下了伏路普塔斯，他是主掌感官欢愉的神祇。

后世文化艺术作品中的普绪刻和丘比特

因为法国人对爱情（l'amour）的狂热迷恋，所以法国艺术家在描绘这一动人题材时占得头筹也并不奇怪。威廉·阿道夫·布格罗于1889年创作的《儿时的丘比特与普绪刻》的画面中展示了一对可爱的孩子样貌的情侣，这一形象经常在许多情人节的贺卡中出现。弗朗索瓦–爱德华·皮科特约1840年创作的《丘比特与普绪刻》则作出了一种更引人注目的诠释。不过对这一神话最勾人心魄的表现却是用大理石雕塑完成的，安东尼奥·卡诺瓦在自己1787年完成的《爱神唤醒普绪刻》中表现了丘比特唤醒普绪刻的瞬间，这幅作品现藏于卢浮宫博物馆。

阿塔兰忒——女英雄的考验

"或许你也曾听过她的名字，

没有哪个捷足的男人能跑得比她还快。"

奥维德,《变形记》第10卷

出身: 阿塔兰忒的父亲原本想要一个男孩,当发现自己妻子生下的是女孩的时候他十分失望,就直接把婴儿丢在阿卡迪亚的林地间等死了。不过阿塔兰忒的故事可以看作是罗穆路斯和雷默传说的预演,同样也是一只野生的动物哺育了阿塔兰忒。阿塔兰忒被一只母熊所哺育,直到几个路过的猎人发现了她,接手了抚养她的工作。

这些猎人的确教导有方,因为阿塔兰忒不仅仅以善于奔跑而著名,她同时还长于摔跤与射箭,而且还有着惊人的美貌。她曾经在摔跤比赛中击败过阿喀琉斯的父亲,也曾轻而易举地杀掉过两只试图侵犯她的半人马。阿塔兰忒曾经报名参加阿尔戈远征,不过伊阿宋明智地拒绝了她,毕竟她男孩子气的美貌可能在这个充满雄性激素的环境内引起不良的后果。

乖戾的命运: 当一个女性同时拥有令人难以抗拒的美貌,又立下了终身要保持童贞的誓言时,就总会有一些事情发生……

阿塔兰忒的使命: 阿塔兰忒为自己设下了今后人生的目标——无论付出什么代价她都决定要保有自己的童贞。考虑到她卓越的能力和美貌,这可不算是什么容易事,因为全希腊的男人们都把她这种坚定的态度当作是对自己的挑战。不过爱神的介入又使事情变得更复杂了,因为她似乎把保守童贞的誓言当作对她个人的冒犯,尤其是当这话由如此美丽的少女说出的时候就更是如此。

她面临的障碍: 阿塔兰忒所要面临的烂摊子不仅有成群结队的男性沙文主义者,还有一只在田地间肆无忌惮地破坏的巨大野猪。阿耳忒弥斯将这只野猪释放在位于希腊的卡吕冬王国的国土上,用来惩罚国王忘记向自己献祭一事。卡吕冬的田野被这只巨兽摧残得一片狼藉,国王不得不呼吁全希腊的英雄来参与这场盛大的野猪狩猎。几个离得最近的阿尔戈英雄率先接下了挑战，却发现他们最后只是扮演了阿塔兰忒英雄事迹中的龙套角色。这些阿尔戈英雄当中就有墨勒阿革洛斯，一位风流倜傥的年轻王子。

阿塔兰忒在猎杀野猪方面技艺精湛，正是她射出的一箭给野猪造成了致命伤。不过其他的一些猎手并不情愿将狩猎的奖赏——野猪皮交给一个微不足道的女人。但墨勒阿革洛斯却坚持阿塔兰忒理应获得嘉奖。

墨勒阿革洛斯与命运女神

在年幼的墨勒阿革洛斯正躺在火边取暖的时候，三位命运女神在他的面前显现，墨勒阿革洛斯的母亲听到她们正在讨论自己孩子的未来。命运女神中的两位，克罗托和拉克西丝为这个婴儿准备了光辉的未来，但负责切断生命之线的阿特洛波斯却忧郁地望着火中的一根木柴说道："当木柴烧光的时候他就会死去。"

命运女神们一消失，墨勒阿革洛斯的母亲就急切地从火中拨出了那根还在燃烧的木柴，灭掉了上面的火焰，小心翼翼地将这根木柴锁了起来。墨勒阿革洛斯如那两位命运女神预言的那样享受着快乐而荣耀的人生。不过后来他与自己的亲属们爆发了冲突，最终在战斗中杀死了自己的两个舅舅。墨勒阿革洛斯的母亲被自己兄弟的死所激怒，掏出了她保管了很多年的那根木柴，丢进火中烧掉了。然而墨勒阿革洛斯的死同样使她悲痛欲绝，最终她自缢而亡。墨勒阿革洛斯的其他亲属在后来的神话中继续扮演了重要的角色——他的姊妹得伊阿尼拉嫁给（并意外杀死）了赫拉克勒斯（参见本书164页），他的侄子狄俄墨得斯则在后来的特洛伊战争（参见本书192页）中作为骁勇的英雄而知名。

这个问题很快就上升成激烈的争端，导致墨勒阿革洛斯不得不与自己的舅舅们对立，最终这一冲突导致墨勒阿革洛斯的两位舅舅被杀身亡，也间接地使墨勒阿革洛斯死去。

古代的游记作家鲍萨尼亚斯曾经记录过希腊南部的一汪泉眼，据说山泉是从阿塔兰忒用长矛刺中的石头上涌出的。

完成功绩：后来阿塔兰忒对于男性更加不抱幻想。不过她却同自己的父亲达成了和解，而后者恰恰是非常希望她能够结婚的。阿塔兰忒同意了父亲的要求，但是却加上了一个条件：不是求婚者们去追求她，而是她要带着武器去追逐自己的求婚者。竞赛被安排成赛跑的形式，胜利者不仅能够与阿塔兰忒牵手，还能同她共度余生。不过失败者一旦被捷足的女猎手追上就会被杀死。

阿塔兰忒对于男性颇有吸引力，但我们也不得不承认她的确擅长奔跑，很快赛道旁就堆满了尸身，失恋者的头颅被接连从薄命的主人脖颈上切断，坠在赛道上轰然作响。

阿佛洛狄忒决定是时候出面干预这场猎杀了。她选中了一个叫希波墨涅斯的年轻人作为自己的工具，并赠给了他三只令人难以抗拒的金苹果。他们一起开始赛跑，每当希波墨涅斯通过听觉发现阿塔兰忒即将追上自己的时候，他就向身后丢出一只金苹果，而阿塔兰忒每次也都会停下来捡起苹果再重新追赶希波墨涅斯。这不仅仅是因为她无法抗拒苹果的魔力，而且她原本就以为自己已经胜券在握。当然，也有可能阿佛洛狄忒是将更多的赌注押在了希波墨涅斯本人身上，我们很快就能发现，阿塔兰忒也被自己的猎物深深地吸引住了。

不管怎样，阿塔兰忒最终输掉了比赛，却收获了三只来自天界的苹果与一个颇为讨人喜爱的伴侣。

尾声：不过十分遗憾的是，希波墨涅斯决定将自己的胜利归功于宙斯，这大大地激怒了阿佛洛狄忒。于是她使这对情侣陷入到了狂热的情欲当中，他们无法自制地到处发生关系，甚至还因此亵渎了宙斯的神庙。

宙斯对于这样的冒犯可不会坐视不管，他将这对新婚夫妇变成了一对狮子。尽管阿塔兰忒在其中仅仅是一个无辜的受害者，但还是很难确定她到底会不会反对被变成另一种强大的女猎手这一安排，从此她和自己的伴侣一直在阿卡迪亚的山间无拘无束地游荡。

后世文化艺术作品中的阿塔兰忒

阿塔兰忒的形象尤其为巴洛克艺术家们所喜爱，这其中就包括了圭多·雷尼（他在约 1612 年创作了华丽的《阿塔兰忒与希波墨涅斯》），夏尔·勒·布伦（他在约 1658 年画有《阿塔兰忒与墨勒阿革洛斯》）以及鲁本斯（他在 17 世纪 30 年代创作了《墨勒阿革洛斯和阿塔兰忒的狩猎》）。皮埃尔·勒博特尔 1703 年创作的雕像《阿塔兰忒》是一尊古代雕像的复制品，在亨德尔的歌剧《薛西斯》中她也曾经客串出场。

雷尼画中的阿塔兰忒弯腰去捡金苹果。

7

古典神话的黄金时代

　　神话中的英雄时代可能是在特洛伊战争（参见第 8 章）中达到了顶峰，不过最伟大的那批英雄以及他们所现身的那些最富丽多彩、最成熟的神话却是在这场几乎吞噬了一切的战争之前的那个年代登场的。希腊人和罗马人都承认赫拉克勒斯（罗马人称之为赫丘利）是英雄中最伟大的一位，不过他们同时也会承认人格有严重缺陷的赫拉克勒斯也是个杀人成性的恶霸，在他身边的安全性和把硝化甘油放进调酒器里差不多。忒修斯也没有好到哪里去，不过几乎所有这一时代的神话都至少会提及这些人物，毕竟他们杀死了大量的怪物（还有人类和其他存在），世界也因为他们变得更加安全。

赫拉克勒斯：惯用棍棒的英雄

　　　　强大的赫拉克勒斯的功绩在天地间传扬，
　　即便是天后赫拉的仇恨也不能损害一分一毫。
奥维德,《变形记》第 9 卷第 140 行

　　出身： 赫拉克勒斯是宙斯和阿尔克墨涅的儿子。容貌秀丽的阿尔克墨涅是珀尔修斯的后人，宙斯假扮成她的丈夫安菲特律翁出现在她的面前。乱上加乱的是，安菲特律翁确实在此时和阿尔克墨涅有了一个儿子，

因此赫拉克勒斯在诞生的时候还有一个孪生兄弟，伊菲克勒斯。

现代医学可能称这种现象为"（单一生成的）异父同期复孕现象"（女性与两位男子同时生下一对双胞胎，在阿尔克墨涅的神话中，其中的一方是天神）。

赫拉克勒斯据说是诞生在忒拜城，因此许多忒拜的重步兵后来会把赫拉克勒斯的棍棒画在自己的盾牌上。

赫拉克勒斯穿着自己标志性的狮子皮，手持棍棒，这是一只约公元前480年制造的花瓶上的画面。

乖戾的命运：委婉一点说，赫拉强烈而满怀激情地憎恶着赫拉克勒斯。

身受驱役：赫拉使赫拉克勒斯陷入疯狂，在精神错乱的状态下他杀死了自己的几个孩子。为了洗去自己的罪愆，他不得不完成欧律斯透斯王给他布下的十二个任务（也就是著名的赫拉克勒斯十二功绩）。这位同样是珀尔修斯后裔的欧律斯透斯王一直将赫拉克勒斯视为王位的竞争者，原本约定的任务只有十项，不过正如我们接下来将要看到的那样，狡诈的欧律斯透斯在精妙地操控契约方面展现了自己扭曲的天才，他成功地将任务增加到了十二个，后来他也凭借这项天赋获取了大量财富。

帮助：雅典娜给予了指导，而阿波罗赠给了他一支弓。

自杀性任务：我们下面介绍这十二项功绩：

一、尼米亚雄狮

尽管连阿波罗的弓箭都不能伤害它，不过它似乎还是无法抵抗赫拉克勒斯所偏好的对头猛击的攻击方式（尽管它的头颅的确极为坚硬，将赫拉克勒斯的棍棒都折断了）。

赫拉克勒斯用它自己的爪子割下了它近乎刀枪不入的皮毛，然后把兽皮当作了一副灵便的皮甲使用，从此他几乎每时每刻都穿着这套兽皮。在夏天的中晚时节出生的人有必要记下这个故事，因为宙斯后来把这头狮子变成了天庭的星座，也就是黄道十二宫中的狮子座。

二、许德拉

每当堤丰（参见本书 14 页）生下的这只长得像蛇一样的怪物的头被砍下来时，原来的位置就会长出两个新的头。因此，现代人也用"许德拉难题"这个名称来形容那些我们努力去解决，但结果却因此变得更糟的难题。除此之外，许德拉的毒牙还有着神力般的剧毒效果（下文我们将会谈及，赫拉克勒斯最终还是死于这种毒液），赫拉还派了一只大螃蟹去钳住赫拉克勒斯的双足以协助许德拉。

赫拉克勒斯在与多头的许德拉的搏斗中取胜。

赫拉克勒斯在他的侄子伊俄拉俄斯的帮助下战胜了这只怪物。赫拉克勒斯每砍下怪物的一个头颅，伊俄拉俄斯就烧灼许德拉的伤口使头无法重新长出来。许德拉的最后一个头是永生的，所以赫拉克勒斯只能用通往伊利阿斯道路上的一块巨石把它埋起来，直到今天这颗头颅可能还在地下存活着。不过因为赫拉克勒斯未经许可就接受了自己侄子的帮助，所以欧律斯透斯判定赫拉克勒斯违反了规则，这次试炼也被宣告无效。

不过，赫拉克勒斯的这次冒险也并不能说是徒劳无功，因为从此他的箭上就浸上了许德拉的毒液。

赫拉派去的那只螃蟹如字面意义那样化作了这场战斗的"脚注"：赫拉克勒斯用自己那只强力的凉鞋直接将它踩成了碎片，这只恐怖的甲壳怪物和狮子座一样成了天上的星座，也就是黄道十二宫中的巨蟹座。而许德拉也变成了天空中的星座。

三、刻律涅牝鹿

这只牝鹿原本是普勒阿得斯七仙女（参见本书 87 页）中的忒格特，她的朋友阿耳忒弥斯为了让她躲避色欲过于旺盛的宙斯的注意，把她变成了一只长有金角的牝鹿。赫拉克勒斯用一张网活捉了她。阿波罗和阿耳忒弥斯出面让他放走了这只猎物。虽然仅仅短暂地捕获了这只牝鹿，不过赫拉克勒斯还是完成了自己的第三项试炼。

四、厄律曼托斯山的野猪

欧律斯透斯决定继续让赫拉克勒斯悖离自己原本爱好自然的天性，再去活捉另一只动物回来——这次他索要的猎物是一只正在蹂躏阿卡迪亚土地的巨大野猪。借由喀戎提出的实用建议，赫拉克勒斯通过引诱野猪冲向一个极深的雪堆，成功捕获了这只猎物。

插曲： 欧律斯透斯需要花时间研究更多致命的

刻在罗马石棺上的野猪狩猎。

任务，因此他给赫拉克勒斯放了一个假，在这一期间赫拉克勒斯参加了著名的阿尔戈远征，还杀掉了大量并非出自自然界的动物，这其中就包括啄食普罗米修斯肝脏的那只老鹰（同时他也救出了普罗米修斯，尽管一些记载宣称整个事件是后来才发生的）。

五、奥吉厄斯的牛圈

欧律斯透斯企图通过派赫拉克勒斯去完成一项不仅无法实现而且卑下的任务来侮辱他——让他去清理奥吉厄斯牛圈。这个牛圈属于伯罗奔尼撒半岛上的伊利斯国王奥吉厄斯，他在这里圈养了巨大的牛群，长年累月的疏于照管使牛圈陷入了混乱与恶臭当中，牛粪几乎将半个牛圈都淹没了。奥吉厄斯非常乐意地接受了赫拉克勒斯为自己打扫牛圈的提议（直到今日，从事难以完成、复杂而又脏乱的工作都被称为"为奥吉厄斯打扫牛圈"），提出如果当天日落之前就能打扫干净牛圈，他愿意将牛群的十分之一作为报酬交给赫拉克勒斯。

赫拉克勒斯直接将附近的一条河引过来冲刷牛圈，而河水自然而然地替他完成了工作。奥吉厄斯因此拒绝支付报酬，而更糟的是，欧律斯透斯也以赫拉克勒斯曾经接受奥吉厄斯支付报酬的许诺为理由，宣称这项任务无效。

六、斯廷法罗斯湖怪鸟

这些遍体恶臭的生物用自己的排泄物破坏着阿卡迪亚的庄稼。它们长着青铜做的羽毛，上面沾满了毒液，它们会用羽毛攻击任何胆敢进入林间想要杀死它们的人。

雅典娜和赫淮斯托斯联手（正如他们经常做的那样）帮助了赫拉克勒斯，赫淮斯托斯为他打造了一只巨大的铜钹，而雅典娜则指点他在附近的山上用力地击打这只铜钹。当怪鸟受了惊，四散而飞的时候，赫拉克勒斯就用弓箭去猎杀这群怪鸟，证明了即便是青铜羽毛在阿波罗赐予的神箭和许德拉的毒液面前也无济于事。

赫拉克勒斯猎杀斯廷法罗斯湖怪鸟。

七、克里特岛的公牛

弥诺斯王（参见本书 38 页）被诸神所宠爱。众神曾经通过允诺他的一切祈愿来证明对他的宠溺。当他在海边献祭的时候，他请求波塞冬赐予他一份合适的祭品。海面上立刻就出现了一头雄健的公牛，弥诺斯王被公牛体魄所展现出的惊人的美所陶醉，不惜冒着触怒波塞冬的风险，用另外一头牛代替它献祭给了波塞冬。于是波塞冬和阿佛洛狄忒一道报复了弥诺斯王，因为弥诺斯的妻子帕西法厄在向爱神献祭方面也不甚积极。

阿佛洛狄忒使帕西法厄对公牛产生了畸形的情欲，在宫中常驻建筑师代达罗斯的帮助下，她最终找到了解除情欲之苦的办法。

驯服克里特岛的公牛。

代达罗斯造出了一只精致的木质小母牛供帕西法厄藏身其中，这样帕西法厄就能够与公牛发生关系了。不过很遗憾的是，帕西法厄怀上了这次私情的果实，生下了一个脾气暴躁的牛头怪物。弥诺斯很快就作出了适当的对策，罪魁祸首代达罗斯被拘禁了起来，而被放养的公牛很快也成了克里特岛上的祸害。帕西法厄生下的那个孩子不久之后将以"弥诺陶洛斯"的名字而闻名。

为了完成第七项任务，赫拉克勒斯需要找到这头公牛并将他带到欧律斯透斯的面前。他成功地完成了任务，并将造成的伤害和混乱控制到了最小。

八、狄俄墨得斯的马群

欧律斯透斯在下一项任务中派遣赫拉克勒斯前去色雷斯获取一些马匹。色雷斯是一个遥远、荒蛮而又未开化的国度，而这些马匹的主人狄俄墨得斯国王即便是以色雷斯的标准来看也格外凶狠野蛮，而且他手下还有一支与他同样凶残的军队，顺便说一句，就连他养的这些马也都是会吃人的。

赫拉克勒斯战胜食人的公马。

不过这次幸运的是，欧律斯透斯允许赫拉克勒斯招募一些志愿者帮

赫拉克勒斯拯救阿尔刻提斯的故事

珀里阿斯（见本书 140 页）有一个名叫阿尔刻提斯的女儿嫁给了阿德墨托斯国王，阿德墨托斯在不幸地卷入与阿波罗、狮子、熊、战车甚至还有一婚床毒蛇相关的神秘意外后生命垂危（正是那一婚床毒蛇差点要了他的命）。阿波罗灌醉了命运三女神，费尽全力诱使命运女神承诺，只要有人愿意代替阿德墨托斯前往冥府，阿德墨托斯就不必死去。阿德墨托斯很快就发现自己之前那些所谓真心的朋友中没有谁愿意代替他赴死，只有他忠贞的妻子阿尔刻提斯主动请求这样做。不过幸运的是，准备去了结"狄俄墨得斯的公马"这一任务的赫拉克勒斯碰巧经过了他的国土。为了感谢阿德墨托斯的款待，赫拉克勒斯守在为即将咽气的阿尔刻提斯准备好的坟墓旁，当死神塔纳托斯前来带走阿尔刻提斯时，他用自己招牌式的重击好好款待了死神一顿。

你可以通过雅典剧作家欧里庇得斯于公元前 438 年撰写的戏剧《阿尔刻提斯》了解整个故事，这出剧目在古代社会经常上演（在接下来的几千年也是如此）。

助他完成任务。赫拉克勒斯率领的小部队击败了狄俄墨得斯的大军，并且惊喜地发现，一旦这些公马享用完它们前任主人的尸体，就变得出奇温驯了。

九、阿玛宗女王的腰带

欧律斯透斯接下来派赫拉克勒斯去夺取阿玛宗女王希波吕忒的腰带当作礼物送给自己的女儿。赫拉克勒斯在前去寻找希波吕忒的路上照例留下了一连串尸体，这其中就有在帕罗斯岛上被杀的几个弥诺斯王的儿

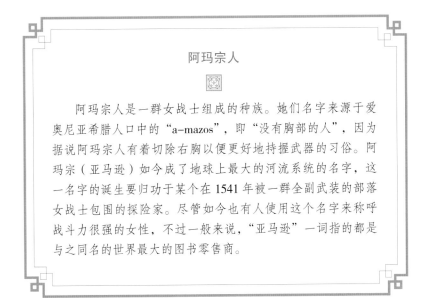

阿玛宗人

阿玛宗人是一群女战士组成的种族。她们名字来源于爱奥尼亚希腊人口中的"a-mazos"，即"没有胸部的人"，因为据说阿玛宗人有着切除右胸以便更好地持握武器的习俗。阿玛宗（亚马逊）如今成了地球上最大的河流系统的名字，这一名字的诞生要归功于某个在 1541 年被一群全副武装的部落女战士包围的探险家。尽管如今也有人使用这个名字来称呼战斗力很强的女性，不过一般来说，"亚马逊"一词指的都是与之同名的世界最大的图书零售商。

子。这次他身边带着一群值得信赖的伙伴（其中就有忒修斯——参见后文）。不过赫拉克勒斯刚抵达就发现自己散发出的男性荷尔蒙足以诱惑希波吕忒主动脱下自己的腰带。然而，赫拉对阿玛宗女战士声称赫拉克勒斯是前来诱拐她们的女王的，面对迫在眉睫的危机，赫拉克勒斯（出于安全考虑）直接杀掉了希波吕忒，然后带着腰带逃之夭夭。

十、革律翁的牛群

略过许多次要的神话不谈，赫拉克勒斯在接下来的旅程中最终到达了世界的最西端，杀死了巨人革律翁、他的牧人以及看门狗，然后偷走了他的牛群。赫拉克勒斯在这次外出旅行中穿越了利比亚和整个伊比利亚半岛，而他在返程中又在意大利和黑海沿岸留下无数尸体。在黑海附近，一个长着蛇的下半身的女人偷了他的一些牛，不过赫拉克勒斯还是与她发生了关系，因此他也成了斯基泰人的祖先。

在从北非前往欧洲的时候，赫拉克勒斯注意到前方的海峡被一座大而不稳的山脉所阻碍，于是他就将这整座山脉一分为二为自己打通道路，然后在海峡的两边各放上一半。在古代，这两座原本是一体的山脉被称为"赫拉克勒斯之柱"——其中位于欧洲的那段就是今天的直布罗陀。

十一、赫斯帕里得斯的金苹果

这些金苹果是当初该亚送给赫拉的结婚礼物（参见本书60页），很少有人知道它们究竟被放到了何处。赫拉克勒斯从下级海神涅琉斯处得知了金苹果的所在（当然，赫拉克勒斯使用了暴力）。按照普罗米修斯提供的建议（根据一些说法，直到这时赫拉克勒斯才杀死老鹰救出普罗米修斯），赫拉克勒斯去见了另一位提坦阿特拉斯。这些金苹果被一条长着一百只头颅的大蛇还有阿特拉斯的女儿们赫斯帕里得斯看守。为了换取赫拉克勒斯替他支撑天幕（当然雅典娜帮助了赫拉克勒斯），阿特拉斯说服了自己的女儿们将苹果交给自己（不过很快阿特拉斯又被赫拉克勒斯诓骗回了自己的岗位上继续托举天幕）。让整场冒险徒劳无功的是，因为这些苹果过于神圣，作为凡人的欧律斯透斯无法持有它们，所以雅典娜又将金苹果重新放了回去。

十二、捕获刻耳柏洛斯

这次赫拉克勒斯不得不陪冥府的看门犬——那只强大的三头犬刻耳柏洛斯（参见本书38页）玩丢骨头的游戏。赫尔墨斯为赫拉克勒斯指出了去冥府的路，他作为亡者的引路人显然对此轻车熟路。而雅典娜则陪同赫拉克勒斯开始了他并不平静的冥府之旅，在这一过程中赫拉克勒斯甚至打伤了卡戎和哈得斯本人（有人宣称，通过战胜哈得斯，赫拉克勒斯得到了永生的资格）。在冥府游荡的时候，赫拉克勒斯碰巧发现自己的朋友忒修斯也被囚禁在这里，立刻就把他放了。

最后珀耳塞福涅答应赫拉克勒斯，只要他能赤手空拳地捕获刻耳柏洛斯就允许他借走这只狗，而且归还刻耳柏洛斯时的时候它必须毫发无

在一群下级神的注视下，赫拉克勒斯牵着刻耳柏洛斯去遛了个弯

损。所以赫拉克勒斯就直接去找冥府的这位令人生畏的守门人了，他把一定相当迷惑的刻耳柏洛斯一把提起来扛了肩上，径直回到了凡间。赫拉克勒斯回去面见欧律斯透斯的路上比以往留下了更多的尸体，因为刻耳柏洛斯是一只尤为致命的怪兽（比如，它的口水流到地上就长出了有毒的乌头，而事实上它的确流了非常多的口水）。最后赫拉克勒斯通过将刻耳柏洛斯归还冥府完成了自己的试炼，不得不说这令所有人都松了一口气。

尾声：从欧律斯透斯的奴役中解脱后，赫拉克勒斯很快又惹上了新的麻烦。他杀死了一个年轻人，这可能是因为他又陷入了疯狂（当然，也可能是因为这次杀戮他才陷入疯狂）。他跑到德尔斐神庙寻求涤罪，而当祭司不愿意帮助他的时候，他甚至威胁要毁掉整个神庙。最终阿波罗不得不亲自现身来阻止他，一场恶战随之发生，直到宙斯本人使用了闪电火才将两个争斗不休的儿子分开。

赫拉克勒斯又重新受到奴役，这次是在吕底亚的翁法勒女王手下。在她委托赫拉克勒斯扫平了王国内的群氓之后，她让这位英雄穿上自己的女装，而自己则穿着赫拉克勒斯的狮皮，挥舞着他的棍棒。看上去赫拉克勒斯对于这样的待遇并没有怨言，根据一些说法，他和翁法勒甚至陷入了热恋。

重获自由之后，赫拉克勒斯把接下来的几年时间都用来向那些在自己完成十二试炼时阻碍自己的人复仇。在环绕整个地中海地区的这一连串血腥冒险的过程中，他还抽出时间参加了诸神与巨人们的战争、把普

得伊阿尼拉将那件致命的上衣递给赫拉克勒斯。

里阿摩斯立为了特洛伊的国王，以及建立了奥林匹克运动会。

他还履行了自己对在冥府探险时遇到的朋友的承诺，娶了一个名为得伊阿尼拉的女子，事后看来，正是这个女子让他丧了命。

赫拉克勒斯在自己血腥的冒险中几乎让整个半人马种族灭绝，而其中一个名为涅索斯的幸存者显然为此心怀愤恨，因为他的部族被赫拉克勒斯在前往抓捕厄律曼托斯山的野猪时顺路消灭了。因此他计划绑架得伊阿尼拉作为报复，不过赫拉克勒斯只用一支浸了许德拉毒液的利箭就要了他的命。垂死的涅索斯用自己的最后一口气告诉得伊阿尼拉：只要一小瓶自己的血就能让赫拉克勒斯一辈子都忠于她。

几年之后，得伊阿尼拉觉得自己的地位被一个比自己更年轻的情敌所威胁，她就把整整一瓶血都倒在了赫拉克勒斯的上衣上。这个小瓶中当然不仅仅有涅索斯的血，同样还有即时生效的许德拉的致命毒素。赫拉克勒斯一穿上就立刻脱下了这件上衣（还带下了大块的业已腐烂的血肉），不过还是太晚了。赫拉克勒斯平静地搭起了自己葬礼的火堆，然后走向了死亡。宙斯取走了自己这位行为出格的儿子的亡灵，把他带到了奥林波斯山，加入了诸神的行列。最终，他和他的继母赫拉达成了和解，并且娶了青春女神赫柏为妻。

赫拉克勒斯为自己搭起葬礼火堆的地方叫作温泉关，后来据称是他后人的列奥尼达斯带着三百个勇士在此英勇地抗击过波斯大军。

被赫拉克勒斯杀死的人或动物

下述名单大致上是按照时间先后顺序排列的，粗略地记录了赫拉克勒斯在冒险途中顺便杀死的人或动物。

两条蛇：赫拉在赫拉克勒斯还是婴儿的时候就曾经派过两条蛇，想要把赫拉克勒斯扼杀在摇篮中。不过赫拉克勒斯却以为它们是玩具，在玩弄的过程中勒死了它们。

林纳斯：他是赫拉克勒斯的音乐教师，因为体罚自己的学生，他被赫拉克勒斯用里拉琴击中头部身亡。

西塞隆的雄狮：忒斯庇斯的国王让赫拉克勒斯同自己的女儿们度过一夜春宵作为杀掉这只怪物的报酬。也有人将这称为是赫拉克勒斯的"第一桩功绩"：在一晚上的时间内，赫拉克勒斯成功使国王的五十个女儿都怀上了自己的孩子。

忒西马科斯，克瑞翁提达斯，得伊孔：赫拉克勒斯在精神错乱中杀死的自己的孩子。

伊菲克勒斯的孩子：也是被赫拉克勒斯在精神错乱中杀死的，伊菲克勒斯是赫拉克勒斯同母异父的兄弟（参见本书 154 页）。

半人马福罗斯，半人马马喀戎，半人马涅索斯，还有涅索斯部族的所有半人马和半人马欧律提翁——事实上，神话中没有任何一只半人马在见到赫拉克勒斯之后还能活下来。

六臂巨人：生活在小亚细亚地区的一个巨人种族（赫拉克勒斯随"阿尔戈"号冒险时将它们灭绝）。

卡拉伊斯和仄忒斯："阿尔戈"号的两个船员。

奥吉厄斯：那个著名牛圈的拥有者。在对赫拉克勒斯出尔反尔之后他还继续活了几年，很不幸的是，赫拉克勒斯是个非常记仇的人。

特洛伊王拉俄墨冬：赫拉克勒斯为他杀死过一个怪物，那个怪物曾直接把赫拉克勒斯一口吞下，赫拉克勒斯不得不将它开膛破肚才逃了出来。所以当拉俄墨冬拒绝支付说好的报酬时，赫拉克勒斯想必不会高兴到哪里去。

色雷斯的萨尔珀冬：波塞冬的一个儿子，因为对赫拉克勒斯出言不逊而被杀。

西西里岛的厄里克斯王：阿佛洛狄忒的一个儿子，在摔跤比赛中被赫拉克勒斯所杀。

阿尔库俄纽斯：一个巨人，他向赫拉克勒斯用尽全力投出一块石头，结果却被赫拉克勒斯用棒槌反打回来砸死。

埃及国王布西里斯：他试图将赫拉克勒斯献祭给自己信奉的神祇。

安泰俄斯：该亚的一个儿子，每次触碰到大地他都能重新获得力量，赫拉克勒斯同他摔跤，然后把他举到了空中活活扼死。

伊玛昔昂：厄俄斯和提托诺斯（参见本书 35 页）生下的儿子，在试图阻止赫拉克勒斯抢走金苹果时被杀。

伊菲托斯：另一位在赫拉克勒斯发狂时被杀的年轻王子。

科斯国王欧律皮鲁斯：他和他的手下曾经在赫拉克勒斯旅行时试图袭击他。

皮洛斯国王涅琉斯：因为拒绝为赫拉克勒斯先前的杀戮净化罪孽而被杀。

欧诺穆斯：侍童，因为在宴席上将酒洒到了赫拉克勒斯身上而被杀。

库克诺斯：阿瑞斯所生下的一个疯狂的儿子，他试图用骷髅来为自己的父亲建一座神庙。赫拉克勒斯用武力挫败了库克诺斯想把自己的头颅也收入囊中的企图。

欧律图斯：一个拒绝让自己的女儿被赫拉克勒斯纳为小妾的国王。

利哈斯： 他在不知情的情况下将那件有毒的上衣转交给了赫拉克勒斯。

后世文化艺术作品中的赫拉克勒斯（赫丘利）

　　赫拉克勒斯的形象为古代和现代的艺术家都提供了灵感。阿尼巴尔·卡拉奇在约 1596 年绘有《赫拉克勒斯的抉择》，画面中年轻的英雄正在犹豫，是选择艰难的英雄命运还是安逸的享乐生活。弗朗西斯科·德·苏巴朗则选择了更戏剧化地展现《赫拉克勒斯与刻耳柏洛斯》（作于约 1636 年）的神话，而鲁本斯则在自己创作于约 1611 年的《醉酒的赫拉克勒斯》中展现了赫拉克勒斯不那么具有德行的一面。弗朗索瓦·勒穆瓦纳在 1724 年的《赫拉克勒斯与翁法勒》中则展现了奢靡颓废的英雄彻头彻尾地享受着自己的奴役生活。雕塑家巴乔·班迪内利在 1524 年至 1534 年间创作了《赫拉克勒斯与卡库斯》。在古代雅典，欧里庇得斯的戏剧《赫拉克勒斯》曾经上演了几个世纪之久，而亨德尔的歌剧《赫拉克勒斯》则是在 1745 年于伦敦国王剧院首演，到了 1997 年，迪士尼公司还出品了动画电影《赫拉克勒斯》（后面这部电影中的一些神话细节还是正确的，虽然可能仅仅是出于巧合）。赫拉克勒斯经受的十二试炼也滋养了许多杰出的艺术作品。鲁本斯曾经创作了令人难忘的《赫拉克勒斯扼死尼米亚雄狮》（创作于约 1639 年），而许德拉的形象则征服了居斯塔夫·莫罗，他在约 1876 年创作了《赫拉克勒斯与勒耳那的许德拉》，安东尼奥·波拉约洛也以同一题材创作了《赫拉克勒斯与许德拉》（作于约 1470 年），莫罗还在 1865 年创作过《狄俄墨得斯被自己的马群吞食》。16 世纪的弗兰德斯画家弗朗士·弗洛里斯曾经创作过一系列以十二试炼为主题的画作，不过现在这些画作都已散佚。希波吕忒曾经出现在莎士比亚的《仲夏夜之梦》中，而安杰里卡·考夫曼曾经在 1790 年创作过《阿尔刻提斯之死》。

俄狄浦斯：复杂的家事

> 无论是让我的父亲突遭横死，
>
> 还是与我的母亲同床共寝，
>
> 都并非出自我的本愿。
>
> 谁能想到孕育新生的子宫会被
>
> 我父亲的妻子的新夫所玷污，也就是
>
> 那犯下了乱伦重罪的怪物般的儿子？
>
> 难道还会有人经受比我俄狄浦斯所经受的
>
> 更乖戾、而又充满苦难的一生吗？
>
> 索福克勒斯，《俄狄浦斯王》第 1 部第 1665 行起

　　没有哪位英雄能逃脱自己预先被设定好的命运，但是也几乎没有人能苛责俄狄浦斯试图逃避命运的努力，因为他命中注定要杀死父亲再迎娶自己的母亲。

　　出身：俄狄浦斯是忒拜国王拉伊俄斯和王后伊俄卡斯忒生下的儿子。当德尔斐的神示所告诉拉伊俄斯他将被自己的儿子杀死后，他就将新生儿的双脚绑在一起，还用木桩刺穿了婴儿的双脚，备受折磨的婴儿的双脚也因此肿了起来（"俄狄浦斯"一名的字面意思就是"肿胀的脚"）。对自己的预防措施还不够满意的拉伊俄斯唤来了一个牧羊人，命令他杀死这个孩子。不过这个牧羊人却没有照办，他将婴

带着婴儿俄狄浦斯的牧羊人。

儿交给了另一个牧羊人，那个牧羊人曾听说科林斯国王正想要替自己不育的妻子梅洛珀收养一个婴儿。过了很多年后，已经长成了一个青年的俄狄浦斯前往德尔斐寻求神谕，神谕重复了他将弑父娶母的预言。

乖戾的命运：俄狄浦斯决意逃避自己的命运，于是他决定远离自以为的出生地科林斯城，逃往忒拜。

在路上他与一个驾着马车的男人发生了争吵，这个原本应该向他让路的男人不仅傲慢自大，甚至还粗鲁地将俄狄浦斯推搡到一边，驾车碾过了他的脚，俄狄浦斯一怒之下用标枪刺死了这个驾车的男人。俄狄浦斯一到忒拜城就发现全城陷入了混乱之中。一只长着女人脸孔与狮子身躯的怪物，也就是斯芬克斯，正在城外屠杀着过往的行人。而忒拜的国王拉伊俄斯在赴德尔斐的神示所请求神谕的途中，却被不知名的路人杀害了。

公元前 9 世纪酒杯上的俄狄浦斯和斯芬克斯

完成功绩：俄狄浦斯决意用杀死斯芬克斯的方式为他先前在路上的莽撞行为做出补偿。他知道斯芬克斯会问每个过路人一个谜语，如果他们答错就会被吃掉。不过如果有人猜出了正确的答案，斯芬克斯也会自杀，所以猜谜游戏的双方都面临着死亡的风险。斯芬克斯提出的谜语是："什么东西早上的时候用四条腿走路，白天的时候用两条腿走路，晚上的时候则用三条腿走路？"可能是变形的双足使得俄狄浦斯对这个问题分外敏感，因此他回答道：

"谜底是'人'。人类还是婴儿的时候使用双手双足爬行，长大后则会站起来只用两条腿走路，老年的时候则还需要加上一支拐杖。"输掉比赛后斯芬克斯跳崖自尽了，俄狄浦斯在欢呼中回到了忒拜，欣喜的民众提议这位年轻的王子应该娶新寡的王后伊俄卡斯忒为妻，并继承忒拜的王位。

尾声：最初的几年　切都很顺利。俄狄浦斯和伊俄卡斯忒生下了几个孩子，其中之一就是安提戈涅，她的故事后来成了几则神话的基石，还被雅典的索福克勒斯改编成了戏剧。然后从科林斯来的一个信使宣告了他们国王的死讯，并请求俄狄浦斯接管城市的统治权。俄狄浦斯向信使解释了自己会有如神谕中说的那样娶自己的母亲梅洛珀为妻的风险，然后得到了使他极为不安的答案：他只是科林斯王的养子。最早发现其中的疑点，并将一切联系到一起得出真正答案的是王后伊俄卡斯忒，她悄无声息地从人们的视线中离开，静静地上吊自尽了。而发现伊俄卡斯忒尸体的俄狄浦斯满怀悲痛与罪恶感，戳瞎了自己的双目。他将自己放逐出了忒拜城，最终死在了在当时的雅典国王忒修斯保护之下的阿提卡地区。

————◆◆◆————

确实，在《俄狄浦斯王》的故事里是可以找到我们心声的，他的命运之所以会打动我们，是因为我们自己的命运也同样可怜——因为在我们尚未出生之前，神谕就已将最恶毒的咒语加到我们的一生了。我们很可能早就注定，第一个性冲动的对象是自己的母亲，而第一个仇恨暴力的对象则是自己的父亲，同时我们的梦也使得我们相信了这种说法。俄狄浦斯王的杀父娶母，就是一种愿望的达成——我们童年时期的愿望之达成。

西格蒙德·弗洛伊德在 1899 年的《梦的解析》中提出了"俄狄浦斯情结"

后世文化艺术作品中的俄狄浦斯

让－奥古斯特－多米尼克·安格尔在 1808 年创作了《俄狄浦斯与斯芬克斯》，而居斯塔夫·莫罗也在 1864 年创作了著名的象征主义画作《俄狄浦斯与斯芬克斯》。斯特拉文斯基也在 1927 年创作了清唱歌剧《俄狄浦斯王》，这出歌剧是以同名的悲剧，公元前 5 世纪剧作家索福克勒斯著名的三部曲中之一为蓝本创作的。

安格尔画作中的俄狄浦斯沉思着斯芬克斯的谜题。

忒修斯：花心的浪子

哪怕是再野蛮凶暴的野兽，

与你对我的所作所为相比，

也要显得不知有多温柔。

我无论如何也难以想象，

怎么会将自己交到如此无情无信的人手中？

奥维德，《被忒修斯抛弃的阿里阿德涅》第 1 行起

比起忒拜人宣称赫拉克勒斯是自己的祖先，雅典人对忒修斯的尊崇还要更胜一筹。在忒修斯治下，雅典曾经统一了整个阿提卡地区，不过雅典人选择忒修斯作为自己的偶像英雄是尤为恰当的，因为忒修斯和当时大多数雅典人一样，都是某种程度上的男性沙文主义者，甚至按照当时希腊人的标准也是如此。

出身：忒修斯的母亲埃特拉曾经在同一个晚上与波塞冬和雅典国王埃勾斯发生过关系，不过她却只生下了一个同时拥有人性与神性的儿子。

埃勾斯是在返回雅典的路上，在小城特罗曾使埃特拉受孕的。他在特罗曾与埃特拉厮混了很长时间，直到确认埃特拉怀上了身孕，就将自己的佩剑与凉鞋埋在了一块大石头之下。他告诉年轻的埃特拉：当他的儿子长到可以举起这块石头的时候，就让他去雅典找自己。（有鉴于令人生畏的美狄亚在离开伊阿宋后，成了埃勾斯的伴侣——美狄亚的故事参见本书 142 页——他让埃特拉母子在忒修斯长大前一直身处视线之外算得上十分明智了。）

忒修斯届时从石头下取出了父亲留下的物品之后，选择了走陆路前往雅典，而不是抄近路从萨洛尼克湾乘船直达雅典。对于沿路的犯罪者来说这可不是什么好消息，因为年轻的忒修斯想要仿效自己心中的英雄赫拉克勒斯，把沿途遇到的障碍全都杀戮殆尽。被杀的人包括：

珀里斐忒斯：他是赫淮斯托斯的儿子，拥有一根强大的手杖当作武器。他用这根手杖将过路的行人都锤打致死，因而亵渎了阿斯克勒庇俄斯的圣地埃皮达鲁斯。忒修斯杀死了这个"持棒者"（他的名字正是这个意思），还取走了那根手杖，从此这根手杖也成为了他身份的标识。

辛尼斯：他还被称为"扳松树的人"，因为他力大无比，甚至能直接扭弯松树。他会把过路人放到两棵扭弯的松树之间，然后松手，让过路人直接被松树撕裂。当然事实证明并非只有他一个人能扳得动松树，忒修斯将他的伎俩原样复制在他身上。然后强暴了辛尼斯的女儿并使她怀上了自己的孩子就继续赶路了。

忒修斯和（居于中央的）雅典娜在雅典酒杯上的画像。

克罗米翁牝猪：这个充满破坏性的怪物是堤丰生下的一个孩子，不过也有别的说法宣称她其实是一个抢劫集团的女头目，忒修斯暂时停下了赶路的脚步，专程去捕获并杀死了她。

斯喀戎：他是个在非常狭窄的悬崖小道间拦住过路人并强迫他们给自己洗脚的匪徒。一旦过路人为他洗完了脚，他就一脚把这些倒霉蛋踢下海。不过当他遇上忒修斯的时候，被丢下海的就是他自己了。

克尔基翁：当忒修斯快抵达雅典的时候，他遇到了埃琉西斯的国王

克尔基翁，他挑战过路人与他摔跤，输掉的一方就会被杀死。他败给了
忒修斯。

普洛克拉斯忒斯：这个强盗有时会被视为现代旅馆业的先驱。无论
过路人是否接受，他都强迫他们躺到同一张床上。如果过路人的身高超
过了床板，他就要把多出的那部分身体锯掉，而如果过路人的身高没有
到床板，他就要把那人的身体抻长到合适为止。根据忒修斯的传记作者
普鲁塔克的描述，忒修斯"使这个不义的人以他自己的方式得到了正义
的处置"，让他也躺到了那张床上，并遭受了同样的对待。从他的名字
衍生出来的"procrustean"一词今天被用以表示用武断的标准强求他人与
自己一致的行为。

忒修斯还没到雅典的时候，他的名声就已经先于他传到了。埃勾斯
当时正为和自己王位的竞争者帕拉斯之间的争斗而忧心忡忡，无暇他顾，
但女巫出身的王后美狄亚却一眼认出了他就是自己丈夫的儿子。她说服
了埃勾斯这个过路人对他是个威胁，应该邀请他前来赴宴，然后伺机毒
死他。不过在最终关头埃勾斯认出了忒修斯携带的佩剑，将盛着毒酒的
酒杯从他的手中打落。

接下来发生的一连串事件包括美狄亚被流放，还有在战场上击败帕
拉斯的儿子们以及猎杀马拉松的公牛。马拉松的那头公牛就是曾经和帕
西法厄发生过关系的那头，他被赫拉克勒斯捕获后又被欧律斯透斯释放
（参见本书 158 页）。它在马拉松的平原上肆虐，使得民不聊生（雅典人
之后击败波斯大军的著名战役也是在这里发生的），而且还杀掉了弥诺
斯的一个儿子。不过忒修斯一杀死这头牛，就发现自己还要同它的儿子
打交道。

这是因为弥诺斯的这些儿子在阿提卡地区实在运气不好，弥诺斯和
帕西法厄生下的另一个儿子也在阿提卡被帕拉斯的儿子们不公正地谋杀
了，愤怒的诸神与同样愤怒的弥诺斯宣称除非雅典作出补偿，不然就要
把整个雅典地区变成一片焦土。因此每年雅典都要向克里特献上七个童

忒修斯对抗着不同的敌手。

男童女，他们在那里将会被献祭给米诺陶洛斯，帕西法厄那长着牛头的儿子。

被背叛的阿里阿德涅：忒修斯自愿加入被送往克里特献祭的七个年轻男性的行列，在此之前他先向阿波罗和阿佛洛狄忒献祭，以请求他们的帮助。神话中接下来发生的故事十分令人困惑，因为有好几个版本的神话流传了下来，而它们各执一词，不过所有这些神话中都证实了的是，忒修斯向阿佛洛狄忒的献祭的确得到了丰厚的回报，因为克里特王室的公主阿里阿德涅一见到风流倜傥的忒修斯就爱上了他。

她送给了忒修斯一把利剑和一个线团。而后者可能更为重要，代达罗斯的迷宫设计得非常精巧，因此后世所有的迷宫都以它的名字（labyrinth）命名。之前从未有人能从迷宫中生还，他们不是在恐惧和饥饿中走向死亡，就是被在过道间徘徊的怪物米诺陶洛斯捕杀。忒修斯杀掉了这只怪物，然后沿着线头一路向回走，回到了一直等待着他的阿里阿德涅身边。这对亡命鸳鸯就这样乘船逃回了雅典。

不过在爱情方面，忒修斯是典型的感情骗子。在纳克索斯岛上他就甩掉了已经怀有身孕的阿里阿德涅，不过酒神狄俄尼索斯在那里爱上了

代达罗斯与伊卡洛斯

发明家代达罗斯因为谋杀而被雅典放逐（出于嫉妒，他杀死了锯子的发明者珀迪克斯）。因此他去了克里特岛，在那里为帕西法厄制造了木牛，又为弥诺斯建造了迷宫来关押帕西法厄那次偷情的产物。尽管被弥诺斯拘禁了起来，代达罗斯还是为自己和自己的儿子伊卡洛斯造出了翅膀逃出生天。代达罗斯曾经警告过伊卡洛斯不要飞得太高，但年轻的伊卡洛斯陶醉于飞行的美妙快感当中，忘记了父亲的劝告，于是太阳的热度融化了黏合羽毛的蜜蜡，伊卡洛斯最终从空中骤然坠落，落海而亡。（赫拉克勒斯前去抢夺革律翁的牛群时发现了伊卡洛斯的尸体，并安葬了他。）代达罗斯后来去了意大利，而渴望报复的弥诺斯王在追捕这位恶行累累的发明家时也被杀身亡。不过到了今天，你最好希望伊卡洛斯不要坠落到地面上，如今的伊卡洛斯是一颗直径约一英里的小行星，大约每三十年经过地球一次。这些离地球很近的小行星也被称为"末日之星"：如果伊卡洛斯撞上地球的话，产生的冲击大约会是广岛原子弹爆炸的 33000 倍。

后世文化与艺术作品中的伊卡洛斯

伊卡洛斯的神话如今已经成为了那些过于充满生命力的人命运的象征，因此这一主题也吸引了很多艺术家。卡洛·萨拉切尼于 1600 年创作的《伊卡洛斯的坠落》展现了坠落的瞬间，而赫伯特·德雷珀于约 1898 年创作的《哀悼伊卡洛斯》中则展现了其后的回响。

她。阿里阿德涅死于难产，当时狄俄尼索斯本已经打算娶她为妻——根据一些版本的神话，正是这一点使得阿耳忒弥斯杀死了她。所以狄俄尼索斯将他们原本打算结婚时戴的花环放到了天空中，花环化作了天上的北冕座。（阿里阿德涅近来一直在致力于取回自己的这只花环，因为欧盟太空计划中主要的航天火箭就以她的名字命名）。

埃勾斯之死：埃勾斯在忒修斯出发除掉米诺陶洛斯的时候，意识到自己的儿子可能会死于此行。载着雅典人前往克里特岛献祭的船上按照惯例一般要挂黑帆，而埃勾斯曾经嘱托儿子，如果他能活着返航就把船帆换成白色。忒修斯忘记了父亲的嘱托，而在苏尼翁海岬上眺望的埃勾斯一看到不祥的黑色船帆就从悬崖上投海自尽了。

雅典人非常珍视"忒修斯之船"，据说直到古典时代他们还保留着这艘船。到了那个时代船身上的木材早已腐烂，人们逐渐用新的木材代替了原来的木板，因此哲学家们一直在争论这究竟还是不是当初的那艘船。

后世文化艺术作品中的阿里阿德涅

阿里阿德涅不幸的命运为许多艺术作品提供了灵感，这其中就有安杰里卡·考夫曼1774年创作的《被忒修斯遗弃的阿里阿德涅》，还有G.F.瓦茨的《纳克索斯岛上的阿里阿德涅》。

两位伟大的作曲家也曾经以她的神话作为题材：亨德尔在1734年曾经创作了《克里特岛上的阿里阿德涅》，而理查·施特劳斯则创作了《纳克索斯岛上的阿里阿德涅》。

与阿玛宗人的战争——雅典艺术品中常见的主题。

安提俄珀被杀：关于忒修斯是如何遇见阿玛宗人安提俄珀的，存在很多种说法。在其中最为普遍的一个说法中，忒修斯曾经陪同赫拉克勒斯一起去取阿玛宗女王希波吕忒（参见本书 160 页）的腰带，在此过程中俘虏了安提俄珀。他将安提俄珀带回了雅典，因为安提俄珀在阿玛宗人中有着很高的地位，所以部族中剩下的那些女战士为了夺回她也跟着她来到了雅典。在雅典城的中央，希腊人与阿玛宗人陷入了混战，在这个过程中安提俄珀也被杀身亡。她与忒修斯生下了一个名叫希波吕托斯的儿子。

被诅咒的淮德拉：忒修斯娶了淮德拉为妻，她是弥诺斯王的另一个女儿，她显然没有从自己姐姐阿里阿德涅的遭遇中吸取教训。尽管忒修斯曾经劣迹斑斑，但这对夫妇生活得也算美满，直到希波吕托斯决意成为阿耳忒弥斯的追随者，永远保留处子之身。阿佛洛狄忒重新开始了她对弥诺斯家族的报复，她使淮德拉陷入了对自己继子的畸形热恋之中，一如她的母亲曾经对克里特岛从海面诞生的那只公牛那样。事情的结果是悲剧性的，希波吕托斯惊恐地拒绝了继母的求爱，而淮德拉因此自缢身亡。她在遗言中宣称希波吕托斯曾经对自己意图施暴未遂，愤怒的忒修斯于是呼唤他的父亲波塞冬杀死自己被认为犯下了乱伦之罪的儿子，而希波吕托斯也的确死于波塞冬之手。

诱拐海伦：失去了妻子和儿子的忒修斯在他鲁莽的朋友庇里托俄斯的鼓动下，又投身到了一场头脑发热的冒险当中。他们二人决定自己接下来要娶到宙斯的女儿。首先他们前去斯巴达拐走了年轻的海伦，这时海伦虽然只有十二岁，但却已经因美貌而闻名四方。他们将海伦安置在特罗曾城之中，便又出发寻找下一个受害者去了。

在几百年后的伯罗奔尼撒战争中，斯巴达人几乎每年都要蹂躏阿提卡的土地，不过他们从不会对德克里亚地区下手，因为当地人曾经帮他们夺回过公主海伦。

试图强暴珀耳塞福涅：庇里托俄斯认为除了珀耳塞福涅没人配得上当自己的妻子，因此忒修斯和庇里托俄斯就启程前往冥府想要抢走她。冥府的主人阴郁地笑了，因为他马上就看出了这对傻头傻脑的兄弟来访的真正目的。他假装招待他们，却为他们准备了一坐上去记忆就会被消除的椅子。忒修斯最终被他的朋友赫拉克勒斯在去借刻耳柏洛斯（参见本书 162 页）的途中解救，然而庇里托俄斯直到今天还在椅子上坐着。

忒修斯的女性受害者（由普鲁塔克补充）

———◆◆———

关于忒修斯的"婚事"，还有一些其他传说。

这些传说的开始既不体面，结局也不圆满，

不过他们在戏剧里还从未反映过。

他带走一个特罗曾的姑娘阿娜克索；

在杀死西尼斯和克库昂之后，蹂躏了他们的女儿；

又先后娶了艾亚斯之母佩里玻亚，斐瑞玻亚

以及伊菲克勒斯之女伊奥佩。此外人们还谴责他由于迷恋帕纳剖斯的女儿艾格勒，遗弃了阿里亚德涅……

普鲁塔克，《希腊罗马名人传·忒修斯》第29节

尾声：忒修斯重返尘世之后，他发现他诱拐海伦这一事件使雅典和斯巴达之间爆发了战争，正如海伦的第二次被诱拐导致了希腊与特洛伊间的战争一样。雅典人在交战中节节败退，并对忒修斯惹下麻烦后又突然消失甚为不满。忒修斯被雅典人流放到了斯基罗斯岛，当地的国王认为忒修斯会威胁自己的统治，就把他杀掉了。

后世文化艺术作品中的忒修斯

与所有英雄一样，忒修斯也为艺术家们所偏爱：鲁本斯在1618年曾经创作出了《与阿玛宗人之战》，尼古拉斯·普桑在1633年至1634年间则画出了《忒修斯找到父亲留下的武器》，希波吕忒·弗朗德兰则在1832年画出了《忒修斯的父亲认出忒修斯》。而雕塑家们则创作了几尊令人胆颤的米诺陶洛斯的雕像：这其中包括艾蒂安–儒勒·雷米1826年创作的《与米诺陶洛斯作战的忒修斯》，这尊雕像现藏于巴黎的杜伊勒里公园。弗朗索瓦·西卡尔于1932年创作的《忒修斯与米诺陶洛斯》现藏于悉尼的海德公园。

8

特洛伊战争

特洛伊战争的神话有着引人入胜的情节：被后世当作美人象征的海伦被帕里斯引诱并掳走，引发了希腊与特洛伊间的战争，这场战争为不计其数的英雄与恶棍提供了登场的舞台，他们用自己的骁勇和残虐书写了史诗的情节。当然，在战争中还诞生了著名的木马计。许多世纪以来，人们一直把特洛伊看作只在传说中存在的城市，甚至比亚瑟王的卡美洛城还要虚无缥缈，直到19世纪，考古学家海因里希·施里曼才确定了特洛伊曾真实存在的结论。特洛伊城的遗址如今成了一座巨大的荒丘，位于今天土耳其北部的希沙立克。考古发掘的证据显示，希沙立克遗址事实上是由多个古代城市组成，它们都建在之前被毁灭的城市的遗址之上。不过哪一片土层下埋藏的才是赫克托耳和帕里斯的特洛伊城呢？施里曼是一个高明的自我宣传者，他竭力要证明特洛伊城的遗址就位于他曾发现的著名的"普里阿摩斯王的宝藏"那层遗址中。不过事情并不像他想的那么容易，因为他所发现的宝藏已经被证明要比传说中特洛伊战争发生的年代早上一千多年。考古学家们宣称特洛伊城遗址最有可能位于一般被称为第七层a段的地层当中，现已出土的考古学证据证明此处曾经发生过大火，而且受到过暴力破坏。

七雄攻忒拜

> 如今俄狄浦斯家最后长出的根苗
> 给这个家族带来的最后一线希望，
> 哎呀，又要被地下神祇的镰刀——
> 言语的愚蠢、心灵的疯狂——割断了。
> 索福克勒斯，《安提戈涅》第 600 行起

悲剧的女主人公安提戈涅等待着克瑞翁的判决。

在特洛伊战争之前古典世界就已经爆发过激烈的大型战争了，阿尔戈斯与忒拜间的那场战争在很多年间都是希腊半岛上曾爆发过的规模最大的战争，这场战争可以被看作对特洛伊战争的提前热身。战争爆发的根源是俄狄浦斯的两个儿子，波吕丢刻斯和厄特俄克勒斯之间的纷争。在他们犯下乱伦之罪的父亲自我放逐到雅典附近的科洛纳斯之后，他们立刻表现得像自己的父亲从未存在过那样。暴怒的俄狄浦斯诅咒这对兄

弟中任何一人都无法统治他的故国忒拜，或是在其中生活。

尽管俄狄浦斯的言辞非常激烈，但这对兄弟显然都没有把自己父亲的诅咒当回事。毕竟，忒拜可是希腊世界最强大也最富裕的城邦之一。所以尽管他们的父亲预言他们必将自相残杀而死，这对兄弟还是同意一年一度交替执政，轮流分享权力。弟弟厄特俄克勒斯首先上台执政，但他一登上王位就宣布自己是唯一的国王，正如之后的许多人也做过的那样，他宣称："如果人一定要背信弃义的话，对权力的渴望显然是最好的动机。"

波吕尼刻斯逃到了阿尔戈斯城，他在那里组建了一支愿意帮助他夺回王位的同盟军。联军中最负盛名的七位英雄包括阿尔戈斯的国王阿德拉斯托斯，安菲阿拉俄斯，卡帕纽斯，厄特俄克鲁斯，希波墨冬，帕耳忒诺派俄斯与堤丢斯。安菲阿拉俄斯是海伦的堂兄，他原本并不情愿加入这次战争，因为作为一名先知，他知道七位英雄中的六名都将死于非命（只有阿德拉斯托斯一人幸免于难，赫拉克勒斯送给他的骏马阿里翁将使他得以逃出生天），在战争临近结束时，宙斯亲自用一支闪电火将安菲阿拉俄斯轰毙。另一位被闪电火轰毙的英雄是卡帕纽斯，他刚一登上忒拜的城墙就被宙斯劈死，因为他曾吹嘘过即便是宙斯本人也无法阻挡他，他的自大最终葬送了自己。厄特俄克鲁斯是阿尔戈斯国王的另一位儿子，他和自己的同伴希波墨冬都是在战斗中被杀的。帕耳忒诺派俄斯是阿塔兰忒（参见本书147页）的儿子，也是赫拉克勒斯儿子的友人，他在攻城时被城上抛下的石头砸死。强大的堤丢斯是当初召集英雄参加卡吕冬野猪狩猎的那位国王的儿子，在被伏击时他单枪匹马杀死了整整五十个敌人才死去（很可能是死于精疲力尽）。堤丢斯的儿子是狄俄墨得斯，他的追随者们把他和阿喀琉斯和埃阿斯相提并论，视他为特洛伊战争中希腊方最伟大的英雄之一。

最后，出征的英雄中当然还有波吕尼刻斯，他一如自己父亲预言的那样，与自己的兄弟在赤手空拳的搏斗中杀死了对方，以这种方式结束了这场战争。

即使接手了忒拜的克瑞翁明确下令不准收殓波吕尼刻斯的尸体，波吕尼刻斯的妹妹安提戈涅还是坚持埋葬了自己的哥哥。作为惩罚，安提戈涅也被下令活埋在一间狭小的地下室中，她之后的命运颇有争议，古代雅典的索福克勒斯和欧里庇得斯都曾经以这一主题创作过悲剧。有一种说法是在她恰好在爱人海蒙去拯救她的前一刻自缢而亡了——这一情节后来被莎士比亚在《罗密欧与朱丽叶》的悲剧结局中沿用。

帕里斯的评判

（女人）对于人类是这样的一种祸害……

迈亚和宙斯的儿子

引领三位女神的华车

来到伊达的山谷，

来到牧人的牛栏

找那独自生活

在孤独小屋炉灶边的

年轻牧人，在她们准备一心进行

关于美的激烈竞争的日子里。

他这一趟惹起了多大的祸害啊！

欧里庇得斯，《安德洛玛刻》第270行起

正如七雄攻忒拜的战争使得希腊人为特洛伊战争做好了准备一样，忒提丝婚礼的余波也使奥林波斯山上的神祇站成了几派。我们接下来还会提到的忒提丝正是那位曾经在赫淮斯托斯（参见本书94页）与狄俄尼索斯受难的时候照料过他们的海洋宁芙。波塞冬与宙斯都曾经盘算过引诱忒提丝（也可能是强暴她——这对兄弟显然从来都分不清二者的区别）。波塞冬一知道忒提丝的儿子命中注定生下来就要比自己的父亲更强大就打消了这个念头，甚至还小心翼翼地保守这个秘密，使宙斯对于这个预言一无所知，就在风流成性的宙斯正要引诱忒提丝之前，刚刚被赫拉克勒斯解放的普罗米修斯适时地警告了他。

于是众神决定要为忒提丝找一个相对平凡的人作为丈夫，他们选中了珀琉斯，尽管珀琉斯在凡人间仍然算得上十分出众，他曾经参加过阿尔戈远征以及卡吕冬野猪狩猎，而且也是半人马喀戎的好友。忒提丝的人缘很好，所以正如我们所看到的那样，众神都出席了忒提丝的婚礼，甚至没有接到邀请的厄里斯（不和女神）也不请自来。为了报复自己未被邀请的遭遇（参见本书 122 页），厄里斯将一个刻有"给最美丽的人"的金苹果抛进了婚礼的宴席中间。雅典娜，赫拉还有阿佛洛狄忒立刻就宣称这颗苹果应该属于自己，非常无礼地忽视了忒提丝也有着惊人的美貌这一点，而且事实上忒提丝还是这次婚礼的主角。

宙斯宣布将仲裁权交给特洛伊王普里阿摩斯的儿子帕里斯，因为帕里斯此前就以公正著称。尽管宙斯的裁决十分公平，但三位女神却并没有遵守公平的游戏规则，她们都试图用自己执掌的权力去贿赂帕里斯。赫拉向他提供了全欧洲和亚洲的统治权，而雅典娜则提议赋予他智慧，但帕里斯都拒绝了。

阿佛洛狄忒能够呼唤征服万物的爱神爱若斯，她提出可以让尘世最美丽的女人海伦爱上他。帕里斯接受了她的提议，在

帕里斯将要因自己的裁决为自己结下两个强大的宿敌。

这之后，善妒的赫拉与雅典娜的怒火不仅毁灭了帕里斯，连带着也毁灭了他的全部家人和整个城邦。

后世文化艺术作品中的帕里斯的评判

古希腊花瓶上描绘这一情节时，出现的三位女神都穿着华丽的衣服。不过在古典时代之后的艺术作品中，显然帕里斯已经认真负责到要全方位地审视这三位女神的身体才能作出裁决，克劳德·洛兰在《帕里斯的评判》中显然就在如此暗示，这幅画作于1645年至1646年间。对这一神话的其他阐释还包含鲁本斯创作于约1632年至1635年间的《帕里斯的评判》，约阿希姆·乌提耶沃1615年创作的《帕里斯的评判》，还有亨德里克·凡·巴伦1599年创作的《帕里斯的评判》。上述这些作品中，三位女神穿着的衣服加起来也就刚刚有一套比基尼的大小。老卢卡斯·克拉纳赫想必十分喜爱这一神话主题，他根据这一主题创作了好几个版本的画作。《帕里斯的评判》在1701年还被约翰·埃克勒斯改编成了歌剧。

特洛伊之围

他们说，劫夺妇女，那是一件坏人干的勾当，

可是事情很明显，如果不是妇女她们自己愿意的话，

她们是决不会给劫走的，因此在被劫之后，

想处心积虑地进行报复，那却未免愚蠢了，

明白事理的人是丝毫不会对这样的妇女介意的……

可是希腊人却仅仅为了拉凯戴孟的一个妇女而纠合了一支大军，

侵入亚细亚并打垮了普里阿摩斯的政权。

希罗多德，《历史》第1卷第4节

现代考古学和古典神话都能证明特洛伊城自建立以来曾经多次遭受严重损毁，不过古代作家们认为这出自神祇、怪物还有赫拉克勒斯之手，而现代考古学家则认为过往劫掠的部族和赫梯人才该对此负责。不过在强掳海伦的那个时代，特洛伊城已经经过了全面的整修，阿波罗和波塞冬甚至还为他们重建了城墙，这时的特洛伊城可以说是固若金汤。

很多人都误以为荷马的《伊利亚特》讲述的是特洛伊战争的故事，事实上荷马所讲述的故事开始之时，围城战已经持续了九年有余（尽管如此，这些故事的确激动人心）。下面我们要讲述的是对这场战争概要性的总结，同时还会花更多的一些篇幅去介绍出场人物的生平。

一、特洛伊围城战的开端

帕里斯启程前往斯巴达去领取阿佛洛狄忒答应给他的那份奖赏。他对海伦已经嫁给了墨涅拉俄斯王这个事实毫不在意，当时墨涅拉俄斯正在国外参加一场葬礼，帕里斯就趁机拐走了海伦，还带走了墨涅拉俄斯的大量财宝。墨涅拉俄斯想必对此可不会高兴，而且因为海伦超凡绝伦的美貌，希腊著名的英雄们都曾经向她求过婚，还立下誓言要一起保护最终赢得她芳心的那位英雄的荣誉。在这份誓约的约束下（这份誓约被称为廷达罗斯协定，以海伦继父的名字命名），整个希腊事实上形成了一个"环亚该亚公约组织"（首字母和"北约"一样都是"NATO"），而他们迅速对这次卑劣的绑架作出了反应。

希腊人费了一番周折才找到前往特洛伊的路，他们先是派出墨涅拉俄斯和长于辩才的奥德修斯出使特洛伊，要求特洛伊方归还海伦并提供赔偿。特洛伊的城墙由两位神祇建造，而且坚不可摧，所以特洛伊王普里阿摩斯拒绝了希腊人的要求，这无异于向希腊人挑衅，并让事态迅速恶化到最糟的程度。

二、希腊联军抵达特洛伊

召集前往特洛伊的舰队并不容易，而当希腊人终于抵达特洛伊的时候，他们又发现特洛伊人在小亚细亚的大陆上还有许多盟友，这当中就包括阿玛宗人。所以希腊人在战争的初期主要做的是切断特洛伊人与外界的往来，以防止他们源源不断地获得补给。然而，特洛伊城有着丰富的存粮，希腊人却不得不让军队在城外屯田种粮，以便能够常年围困特洛伊城。

三、战争和预言

九年的围困也没能使希腊人更接近攻陷城池一步，大量的英雄已经在战争中陨落（正如《伊利亚特》中所部分描写的那样），有的神祇的自尊心也受到了伤害，还有的神祇甚至更糟，躯体也受到了伤害。希腊人在战争中俘虏了一位先知，这位先知告诉他们，希腊人之所以一直无法取胜是因为神祇为取胜设好了四个条件，而他们如今还并没有满足。这位先知宣称，取胜所必需的条件包括：

·让（已经战死的）阿喀琉斯的儿子站在自己一边参战

·使用赫拉克勒斯的弓箭

·获得帕拉迪乌姆——一尊雅典娜的古代雕像，当时在特洛伊人手中

·把珀罗普斯（参见本书 71 页）的残骸带到战场上

四、尾声

希腊人于是勤勉地按照神谕规定的胜利条件展开了一系列军事行动。奥德修斯是希腊军中唯一一个意识到不需要捉对厮杀，照样可以在战争中取胜的英雄。他想出了个狡诈的计划，一旦成功就可以越过城墙一举

攻陷城市。希腊人假装撤军，在营地中留下了著名的特洛伊木马——事实上它应该是希腊人的木马（尽管完全是为了特洛伊人所准备的）。这只巨大的木雕（希腊人宣称它是献给波塞冬的祭品）被特洛伊人运回了城中，它中空的内部实际上藏着整整一队精锐希腊突击队。等到天黑，他们就从木马中现身，打开

米克诺斯岛上出土的有 2800 多年历史的文物上描绘的特洛伊木马。

特洛伊的城门，然后用一夜的时间尽情发泄十年来的不满，几乎没有多少特洛伊人能逃脱被杀或被奴役的命运。

战争中著名的出场人物

宙斯

宙斯爱慕着自己的斟酒人，特洛伊人伽倪墨得斯。因此他在战争中是更偏向特洛伊一方的中立派。他竭力阻止其他神祇干预这场战事，但并不是所有人都把他的劝阻当回事。

希腊阵营（希腊人又被称为赫勒努斯人，亚该亚人或者达那俄斯人）

按照地位排序：

神祇

波塞冬

他曾经帮助阿波罗建造了特洛伊的城墙，但当时的特洛伊国王拒绝支付报酬。自那以来，波塞冬就一直憎恶着特洛伊人，他从来都不太把

宙斯的劝阻当回事。在他的孙子被杀后，他还曾经短暂地参与了战斗。

雅典娜

她原本就有亲希腊人的天然偏向，何况她和帕里斯还有着一段特殊的过节。雅典娜有着一种很少被人记起的化身是雅典娜·柏洛马考士——战场上的雅典娜女神——雅典娜不仅仅是战争女神，还是一位专业的统帅与战术大师。她不吝于向希腊人提供建议，在阿瑞斯现身帮助特洛伊一方时，她还两次不留情面地击败了阿瑞斯。

赫拉

她出于与雅典娜相同的原因支持希腊阵营。同时她还是这场战争中希腊方领头的阿尔戈斯和迈锡尼城邦的保护神。在《伊利亚特》第四卷，宙斯指责她想要"进入特洛伊的城门与高墙之后，将普里阿摩斯生吞活剥，还要加上普里阿摩斯所有的儿子和所有的特洛伊人，才肯稍稍平息自己的怒火"。

赫淮斯托斯

大体上是因为雅典娜支持希腊人，他才会站在希腊一方。不过这倒并非仅仅是因为他对誓守贞洁的女神那得不到回应的爱，他还厌恶着自己站在特洛伊方的那位不忠的妻子。而且赫拉是他的母亲，工匠之神本人一向是个忠诚的儿子。除此之外，他也觉得忒提丝很有魅力。

忒提丝

她一心想要让自己的儿子阿喀琉斯获得不朽，所以从小就喂给他神肴，在夜晚还会把他裹在带着余火的灰烬中，想要烧掉他的凡人属性。她狂怒的丈夫珀琉斯一发现这件事就禁止忒提丝继续这样做。（因为在这种"小火文烤"的过程中他已经死掉了五个儿子，所以我倒是好奇为何他此时才对忒提丝发作。）愤怒的忒提丝抛下了丈夫和儿子回到了深海中。不过当阿喀琉斯在特洛伊作战的时候，她还是会出现并为阿喀琉斯提供建议。

国王

阿伽门农

荷马在《伊利亚特》的第一卷中形容阿伽门农王"有着一颗充满怒火的阴暗之心"。他是珀罗普斯的孙子，也是墨涅拉俄斯的兄弟，他娶了海伦的姐姐克吕墨涅斯特拉。作为希腊当时的霸主迈锡尼的国王，是他带头发起了这场对特洛伊的战争。他残忍无情，毫无道德责任感，而且即便是以他所生活时代的低道德标准而言，他都显得肮脏下流。

他的名字意味着"绝不动摇"。（英国皇家海军有一艘以他的名字命名的战舰在 1805 年的特拉法尔加海战中起到了重要的作用。）

墨涅拉俄斯

他是斯巴达的国王，急切地想要夺回自己的妻子，当然他最希望的是帕里斯的首级被盛在盘子里献给他。

奥德修斯（尤利西斯）

———◆◆———

不是第一次了，我看见你，

拉埃尔特斯之子啊，来回逡巡，

想找一个有利的时机，对付你的敌人。

索福克勒斯，《埃阿斯》第 1 节、雅典娜对奥德修斯所说的话

———◆◆———

奥德修斯是伊塔刻的国王，有人甚至称他为那位狡黠而有过两次生命的希绪弗斯（参见本书 138 页）的儿子。他并不想参加这场战争，也舍不得离开家中的娇妻珀涅罗珀，所以装作精神失常借以逃避战事。一位名叫帕拉墨德斯的国王识破了他的伎俩，因此他后来设计报复帕拉墨德斯，使他下场凄惨。奥德修斯将他的儿子交给一个名为门托耳（Mentor）的希腊人抚养，从此"导师"这个职业就以此为名。

狄俄墨得斯

提丢斯的儿子，你在战斗中很是强大，

议事时在同年岁的伴侣中出众超群。

《荷马史诗·伊利亚特》第9卷第50行中涅斯托耳对狄俄墨得斯所说的话

许多博学的神话学者都把狄俄墨得斯当作自己最喜爱的英雄，这位阿尔戈斯的国王同样也为雅典娜所偏爱。在特洛伊战争期间，当阿佛洛狄忒和阿瑞斯这对情人想要亲自插手干预战事时，正是他将这两个人击伤。而见到特洛伊军中的旧识的时候，他又放下武器与对方亲切攀谈起来，最后还与之交换了铠甲。他还帮助奥德修斯偷出了帕拉迪乌姆（参见上文），如果没有这尊雕塑希腊人就无法取得胜利。他也是战争最后藏在木马里的那五十名战士中的一员。

英雄

阿喀琉斯

黑发的海神忒提丝生下了凶暴的阿喀琉斯，

他是保护亚该亚人们的支柱与堡垒。

品达颂歌第5首《献给德尔斐人的凯歌》

虽然无法让自己的儿子获得永生，忒提丝还是希望他能够变得刀枪不入，于是在他临行之前，忒提丝将儿子浸入了斯堤克斯河的河水中。因为忒提丝本人不能接触河水，所以她当初把着阿喀琉斯身体的地方就成了他的弱点——也就是著名的阿喀琉斯之踵。为了使他避免前赴特洛伊战场，阿喀琉斯曾经被扮作少女伪装起来，不过最后还是被识破了。所以我们的英雄就启程前往战场，在那里证明了自己的盖世武勋，也在那里走向死亡。就负面品格来说，他骄傲、残忍无情，自负到接近愚蠢的程度。总的来说，他是特洛伊战争中希腊一方的完美典型。

花瓶上的线描画：休息的阿喀琉斯。

大埃阿斯

那个有着不祥的名字而又刚愎自用的埃阿斯。

索福克勒斯，《埃阿斯》第1080行

大埃阿斯是赫拉克勒斯的孙子，他是一个几乎对谁都不存恶念的人，

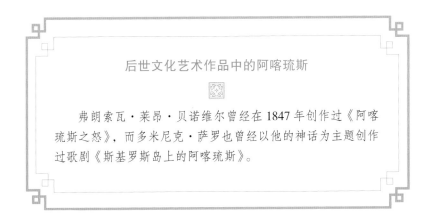

后世文化艺术作品中的阿喀琉斯

弗朗索瓦·莱昂·贝诺维尔曾经在1847年创作过《阿喀琉斯之怒》，而多米尼克·萨罗也曾经以他的神话为主题创作过歌剧《斯基罗斯岛上的阿喀琉斯》。

当然这可能是因为思考会使他头痛，会浪费本可以用来殴打别人的时间。他唯一一次主动的谋划却是打算攻击自己原本的同盟希腊军队，因为他们没有将战死的阿喀琉斯的铠甲送给自己。雅典娜使他陷入疯狂，让他转而对一群牛发动了攻击（这一事件成为索福克勒斯动人的戏剧《埃阿斯》灵感的源泉）。在这之后，受辱的大埃阿斯愤而自杀。

埃克塞基亚斯绘制的花瓶上的图案：阿喀琉斯与大埃阿斯在掷骰子赌博

特尔西特斯

这是一位反英雄，他出身卑微，秃顶，而且有着罗圈腿。他经常嘲讽那些"比自己出身更好"的英雄的自负，还正确地将阿伽门农和阿喀琉斯之间的纷争描述成孩子气的吵架。他因为主张希腊人应该撤军返乡而被奥德修斯猛烈攻击，最终他因为和阿喀琉斯开了个比较过分的玩笑，被后者在盛怒中杀死。

斯坦托

斯坦托是一个嗓音有五十个人加在一起那么响的传令兵。我们之所以提到这个名字是因为今天人们宣布公告所用的"嘹亮"（stentorian）嗓音就是因他的名字而来的。

女性

我们之所以将她们放在最后，是因为在考虑战争的参与者时她们常常被忽略，当然溺爱妻子的奥德修斯可能并不这么想。

伊菲革涅亚

她是阿伽门农的长女。希腊舰队曾经在奥利斯因为无风一直无法启航，根据一些文献的记载，这可能是因为阿伽门农曾经对阿耳忒弥斯不敬。发现只要献祭自己的女儿就能让舰队启航，于是阿伽门农用要将她许配给阿喀琉斯的借口将伊菲革涅亚骗了过来。在献祭了伊菲革涅亚之后，舰队就顺利出海了，尽管一些文献宣称阿耳忒弥斯在最后关头用一只母鹿代替了伊菲革涅亚，然后让她做了自己的女祭司。

布吕塞伊斯

她是被阿喀琉斯收留的一个孤儿（当然她会成为孤儿是因为包括她父母在内的全部家人都被阿喀琉斯杀死了）。她原本是阿喀琉斯的小妾，但后来她被阿伽门农强行夺走，代替自己交出的祭司的女儿。阿喀琉斯自此就不再出阵以示抗议，他拒绝离开自己的营地或是加入战斗。

特洛伊阵营

特洛伊人投身于保卫城邦的热情让我们获得了一个表示工作勤奋的谚语："像特洛伊人那样工作"；另外，也许正是因为特洛伊城墙的坚不可摧，北美的一个知名避孕套品牌也选择以"Trojan"为名。这也合乎情理，因为特洛伊人最首要的保护神正是阿佛洛狄忒本人。

神祇

阿佛洛狄忒

爱神早已准备好站在帕里斯一边了。何况墨涅拉俄斯当年曾经许诺过只要能迎娶海伦就向爱神献祭一些牛，而爱神对这一诺言从未兑现也颇感恼火。

阿瑞斯

他对于特洛伊人其实并没有他对于阿佛洛狄忒那么热心，阿瑞斯把这整场战事都当作是供自己消遣的一个光彩夺目的礼物。不过，当他终于忘乎所以地亲自投身于战斗的时候，却当即被（由雅典娜帮助的）狄俄墨得斯重创。他立刻逃离了战场，从此就只在安全的范围内监管这场屠杀了。

阿波罗

作为亲特洛伊阵营中字母排序靠前的三位神祇之一，阿波罗会支持特洛伊人似乎仅仅是因为希腊人的行为与他文明、开化的性情格格不入。阿喀琉斯上岸后的几乎第一个举动就是杀死了阿波罗的儿子特涅斯，这显然也并不会取悦阿波罗。压垮骆驼的最后一根稻草是希腊人绑架了阿波罗祭司的女儿。作为对这些冒犯的回应，阿波罗用一场瘟疫袭击了整个希腊营地。

特洛伊王室

普里阿摩斯
❖◆❖

老人家，我听说你从前享受幸福，

从海外到累斯博斯——马卡尔居住的国土，

上至弗里基亚和无边的赫勒斯滂托斯，

人们说你老人家的财富和男子

超过那些地方的人。

《荷马史诗·伊利亚特》第 24 卷中阿喀琉斯对普里阿摩斯说的话
❖◆❖

普里阿摩斯恳求阿喀琉斯归还赫克托耳的尸体，画面中的普里阿摩斯趴在阿喀琉斯的床下以示卑微。

　　普里阿摩斯曾是特洛伊王室的最后一个幸存者，在赫拉克勒斯摧毁了整个城市并杀死了他家族中其他的所有成员之后，普里阿摩斯成了特洛伊国王。到了特洛伊战争时，普里阿摩斯已经是个膝下有五十个子女和许多妻室的老人了。直到与希腊人开始那场宿命的战争之前，他一直以统治贤明著称。他曾经踏上艰难的旅程，恳请阿喀琉斯归还他死去儿

后世文化艺术作品中的普里阿摩斯

　　在古典时代之后的绘画作品中，我们会发现加文·汉密尔顿于 1775 年创作了这一主题的画作，即《恳求阿喀琉斯归还赫克托耳尸体的普里阿摩斯》。同一主题的作品还有皮埃尔－纳西斯·盖兰 1817 年创作的《普里阿摩斯之死》以及儒勒·巴斯蒂昂－勒帕热 1876 年创作的《阿喀琉斯与普里阿摩斯》。尽管很少有人用音乐的方式酬报普里阿摩斯，但普里阿摩斯还是等来了属于自己的乐章，迈克尔·蒂皮特在 1962 年创作了歌剧《普里阿摩斯王》，这出歌剧是 20 世纪后期最重要的歌剧之一。普里阿摩斯的儿媳安德洛玛刻也有一出以她为题材的歌剧，即由赫伯特·温特于 1932 年创作的《安德洛玛刻》。

子赫克托耳的尸体，后来又轮到他本人被阿喀琉斯的儿子涅俄普托勒摩斯杀害。

赫克托耳

我们一向称赞神样的赫克托耳

是个枪手和勇敢的战士。

《荷马史诗·伊利亚特》第5卷

赫克托耳是特洛伊方最伟大的英雄，他被描述成一个诚实、温和但在战场上又十分凶狠的战士形象。在阿波罗的帮助下，他杀死了帕特洛克罗斯。当阿喀琉斯愤怒于阿伽门农的所作所为而拒绝出战时，帕特洛克罗斯曾穿上阿喀琉斯的铠甲鼓舞希腊人反击特洛伊军队，阿喀琉斯也因此陷入了对赫克托耳的狂怒当中。

帕里斯

"不祥的帕里斯，相貌俊俏，诱惑者，好色狂，

但愿你没有出生，没有结婚就死去……

（你）相貌俊俏，却没有力量和勇气。"

《荷马史诗·伊利亚特》第3卷中赫克托耳对帕里斯说的话

如果帕里斯的行为不算通奸的话，他对海伦的爱情本来看上去会浪漫得多——在他引诱海伦的时候，早已娶了一位叫俄诺涅的水泽宁芙为妻——他不仅是个窃贼，还是一个懦夫，不敢面对墨涅拉俄斯的视线，而是怯懦地缩到了人群中间。荷马提到他时，说他"被所有人所憎恨，甚至是阴暗的死神"。正是他用毒箭射中了阿喀琉斯的脚踝，杀死了阿喀琉斯。在帕里斯临死的时候（这次轮到他被赫拉克勒斯弓上的毒箭射中），俄诺涅原本可以治愈他的伤口，但她拒绝这样做，任帕里斯因此

而死亡。

英雄

埃涅阿斯

特洛亚国人们尊敬如神明的埃涅阿斯。

《荷马史诗·伊利亚特》第 11 卷第 58 行

埃涅阿斯是阿佛洛狄忒和一个凡人生下的儿子，他是特洛伊王室另一个支系的成员。他曾险些被狄俄墨得斯所杀，不过最后被阿波罗救下。波塞冬意识到了埃涅阿斯将会在后来发生的事件中起到重大作用，于是也搭救了被阿喀琉斯重伤的埃涅阿斯。

彭忒西勒娅

然而你要记住，女人心里也有战神。

索福克勒斯，《厄勒克特拉》第 1242 行

彭忒西勒娅是阿瑞斯的女儿，她曾经犯下过谋杀的罪孽，最后被普里阿摩斯王所净化，因此她前来帮助特洛伊人来报答普里阿摩斯的恩情。她和她麾下的阿玛宗人成功在希腊军中激起了恐慌，但随后她就被阿喀琉斯所杀，阿喀琉斯几乎是一剥下她的盔甲就被她惊人的美貌所打动，后悔杀掉了她。

门农

门农是埃塞俄比亚的王子，他是厄俄斯和提托诺斯（参见本书 35 页）的儿子。门农穿着由赫淮斯托斯打造的铠甲，因而在他遇到阿喀琉斯之前在希腊军中近乎所向披靡。这时的阿喀琉斯已经失去了自己原来的铠

甲，因为赫克托耳将它从帕特洛克罗斯的尸体上剥去了，所以忒提丝说服赫淮斯托斯为阿喀琉斯打造一副全新的铠甲。尽管两边都拥有神造的铠甲，但最后还是阿喀琉斯赢得了这场决斗。不过几个小时之后他就被帕里斯用毒箭射中脚踝而死，结束了自己光辉的一生。

女性

海伦

我们之前已经在太多的神话中见到海伦的身影了，以至于根本不需要对她再多做介绍。克里斯托弗·马洛创作的《浮士德博士的悲剧》自1594年至今一直在舞台上演出，这部戏剧中展示了经过一千多年的时光后的海伦的形象：

> 莫非这就是那发动成千的战舰，
>
> 烧毁了特洛伊城的高楼的那张面孔吗？
>
> 温柔的海伦，用你的一吻使我不朽吧……
>
> 我要常留在这里，这朱唇就是我的天堂，
>
> 海伦以外世间的一切全无价值可言。

与此相对：

> 我说你有很多的父亲，他们生了你：
>
> 第一个是冤仇，第二个是嫉妒，
>
> 还有残杀和死亡，以及大地所生的一切罪恶。
>
> 欧里庇得斯，《特洛伊妇女》第769行

赫卡柏

赫卡柏是普里阿摩斯众多妻子中地位最高的第一位，她为她的丈夫生下了十九个孩子，这些孩子中的许多——包括赫克托耳，都被阿喀琉斯在城外所杀。她活过了城市遭受的可怕劫难，然后被贩卖到希腊当奴隶。在这期间，她对杀掉了她最爱的一个儿子的凶手进行了可怕的复仇。

然后她被变成了一只有着火一样炽烈双眼的黑狗，从此成了女巫之神赫卡忒的随从。

卡珊德拉

卡珊德拉是普里阿摩斯女儿中样貌最出众的一位，因为她曾经拒绝过阿波罗的追求，所以阿波罗诅咒她能预见未来，但却不会有人相信她的预言。她曾经徒劳地劝阻特洛伊人不要允许帕里斯前往希腊，恳求特洛伊人不要放木马入城，在被阿伽门农当作奴隶俘虏后也没能成功警告他即将到来的死亡。因此只要有人警告世人将要到来的厄运却不被重视，他或她就会被称作"卡珊德拉"。

安德洛玛刻

安德洛玛刻是赫克托耳的妻子，她深深地厌恶海伦，而且对自己的丈夫和儿子将要面临的不幸都有着预感。她在战争中活了下来，在被阿喀琉斯的儿子涅俄普托勒摩斯纳为小妾后经历了一段艰难的岁月，最终嫁给了另一位幸存的特洛伊人，并与她的儿子一起建立了小亚细亚的帕加马城。

《荷马史诗·伊利亚特》中的关键篇章

━━◆◆◆━━

尽管就阅读体验而言，没有什么能代替阅读荷马的杰作本身（而且最好是阅读古希腊语的版本），不过通过一些摘录的章节我们也能够体会整个作品的风格与全貌。下面的引文是从《伊利亚特》中成批摘录的文字，希望读者们能借此一窥原文生动、形象的精髓。

克律塞伊丝被掳

亚该亚人们恰到好处地分配了这些战利品，
将妩媚动人的克律塞伊丝交到阿伽门农王的手中。

但克律塞伊丝，远涉的阿波罗神的祭司来到了亚该亚人

的快船前，随身还携带着大量的赎金，

一心只想赎回自己亲爱的女儿的自由。

克律塞斯还高举着预言之神的权杖，

权杖上环绕着表明祈求者身份的花环。

《荷马史诗·伊利亚特》第 1 卷第 1-21 行

赫克托耳和安德洛玛刻悲剧的别离。

阿伽门农交出了克律塞伊丝，但强行要走了阿喀琉斯的侍妾布吕塞伊斯，阿喀琉斯对此极度不满。

全体阿开奥斯人发出同意的呼声，

表示尊重祭司，接受光荣的赎礼；

阿特柔斯的儿子阿伽门农心里却不喜欢，

他粗暴地赶走祭司，发出严厉的禁令。

那个老年人在气愤中回去；阿波罗

听见了他的祈祷，心里很喜爱他，

就向阿尔戈斯人射出恶毒的箭矢。

远射的天神的箭矢飞向阿开奥斯人的

宽广营地各处，将士们一个个地死去……

明眸的阿开奥斯人用快船正把那女子

送往克律塞，还带去献给阿波罗的礼物。

传令官从我的营帐带走了布里修斯的女儿，

她原是阿开奥斯人的儿子们给我的赠礼。

（她被带给阿伽门农，当作克律塞伊丝的替代）

《荷马史诗·伊利亚特》第1卷第375行起

失去了侍妾的阿喀琉斯拒绝参战，在没有阿喀琉斯的情况下，战斗继续进行，甚至神祇也参与了战斗——此处是雅典娜与阿瑞斯的对战。

帕拉斯·雅典娜抓住鞭子和缰绳，

驾驭单蹄马迅速向着阿瑞斯冲去。

战神正在剥夺佩里法斯的甲仗，

奥克西奥斯的光荣儿子，埃托利亚人的战士。

血污的阿瑞斯在剥甲仗，雅典娜隐身于

冥王哈得斯的帽子下面，使战神看不见。

人类的祸害阿瑞斯看见狄奥墨得斯，

他让魁梧的佩里法斯躺在那里，

正是他杀死他夺去他性命的地方，

自己冲向驯马的战士狄奥墨得斯。

他们相对进行，在彼此接近的时候，

阿瑞斯用铜枪投向轭和马的缰绳上方，

急于要夺去狄奥墨得斯的宝贵性命。

但是目光炯炯的雅典娜抓住铜枪，

把它推向上空，使它白白地飞过，

擅长呐喊的狄奥墨得斯向阿瑞斯

投掷铜枪，帕拉斯·雅典娜使它飞向

它的下腹部，正是他捆着布带的地方，

他击中他，刺伤他，刺破白皙的皮肉，

再把铜枪拔出。身披铜甲的阿瑞斯

大声叫唤，有如九千或一万战士

在激烈的战斗中大声齐吼；阿开奥斯人

和特洛亚人听了，一个个吓得发抖，

好战无厌的阿瑞斯是这样大声叫唤。

《荷马史诗·伊利亚特》第 5 卷第 840 行起

希腊人请求阿喀琉斯的帮助

宙斯养育的战士啊，我们看见有大难，

感到恐惧，担心能否保住有好派桨的船只，

或是它们会遭受毁灭，要是你不尽力。

雄心的特洛亚人和他们的闻名的盟友

正靠近我们的船只和壁垒建立休息地，

在军中点燃许多营火，他们认为

他们不会被制止。要扑向我们的船只。

克罗诺斯的儿子宙斯自右边打闪，

给他们发出信号；赫克托耳对它的力量

非常得意，很是疯狂……

奋发吧，要是你想在最后时刻从特洛亚人的

叫嚣中拯救阿开奥斯人的受难的儿子们……

你要趁早想想怎样使达那奥斯人躲过这不祥的日子。

《荷马史诗·伊利亚特》第 9 卷第 222 行起

阿喀琉斯回应希腊人

尽管他有着狗的脸面，却不敢和我照面。
我不会和他一起构想任何策略
或是事情，因为他已经欺骗我，冒犯我。
他不能再用言语引诱我；他做尽坏事。
让他舒舒服服去毁灭；聪明的宙斯
已经剥夺他的智力。他的礼物
看起来可憎可恶，我估计值一根头发。

即使他把现有财产的十倍、二十倍给我，
再加上从别的地方得来的其他的财产，
连奥尔科墨诺斯或埃及的特拜的财富一起……
阿伽门农也不能劝诱我的心灵，
在他赔偿那令我痛苦的侮辱之前。

《荷马史诗·伊利亚特》第9卷第370行起

帕特洛克罗斯穿着他的挚友阿喀琉斯的盔甲重新召集了溃退的希腊人，但却在决斗中被赫克托耳所杀

车战的帕特罗克洛斯啊，你虚弱地对他说：
"赫克托耳，现在你自夸吧！是克洛诺斯之子
宙斯和阿波罗把胜利给你，让你战胜我，
他们很容易这样做，剥去了我的盔甲。
即使是二十个同你一样的人来攻击我，
他们也会全都倒在我的投枪下……
我再对你说句话，你要记住好思量。
你无疑也不会再活多久，强大的命运
和死亡已经站在你身边，你将死在

埃阿科斯的后裔、无瑕的阿喀琉斯的手下。"

《荷马史诗·伊利亚特》第 16 卷第 790 行起

赫克托耳与阿喀琉斯相遇

他挥剑猛扑过去，有如高飞的苍鹰，

那苍鹰穿过乌黑的云气扑向平原，

一心想捉住柔顺的羊羔或胆怯的野兔，

赫克托耳也这样挥舞利剑冲杀过去。

阿喀琉斯也冲杀上来，内心充满力量……

夜晚的昏暗中金星太白闪烁于群星间，

无数星辰繁灿于天空，数它最明亮，

阿喀琉斯的长枪枪尖也这样闪光辉。

他右手举枪为神样的赫克托耳构思祸殃……

神样的阿喀琉斯一枪戳中向他猛扑的

赫克托耳的喉部，枪尖笔直穿过柔软的颈脖……

阿喀琉斯见赫克托耳倒下这样夸说：

"赫克托耳，你杀死帕特罗克洛斯无忧虑，

见我长时间罢战无惊无恐心安然，

愚蠢啊，那里还有一个比帕特罗克洛斯

强很多的人在，我还留在空心船前，

现在我杀了你，恶狗飞禽将把你践踏，

阿开奥斯人却将为帕特罗克洛斯行葬礼。"

《荷马史诗·伊利亚特》第 22 卷第 260 行

普里阿摩斯亲自请求阿喀琉斯归还赫克托耳的尸体，阿喀琉斯心生怜悯

（他们）把传令官——老人的宣报人请进屋里坐下，

再从光滑的车上把赎取赫克托耳首级的

礼物取下。但是他们从中留下

两件披衫和一件织得很密的衬袍，

以备把死者包裹起来，交给人运回家。

国王叫来侍女，吩咐给赫克托耳洗身体，

涂上油膏，偷偷地不让普里阿摩斯

看见儿子，免得他见了，心里悲伤……

阿喀琉斯把它抱起来放到尸架上，他的伴侣

同他一起把尸首搬到光滑的车子上。

他于是大哭起来，呼唤好友的名字：

"帕特罗克洛斯，要是你在冥间得到音信，

说我已经把神样的赫克托耳还给他父亲，

请你不要生我的气，因为他给我的

赎礼并不轻。你应得的一份，我自会分给你。"

《荷马史诗·伊利亚特》第24卷第570行起

特洛伊城的陷落

即使在赫克托耳和阿喀琉斯都死在了战场上之后，战事也没有因此稍事停歇，直到奥德修斯想出了他那条著名的诡计。大众观念中，"特洛伊木马"如今已经有了新的内涵，现代词汇中的"木马"指的是一种电脑病毒，就像特洛伊木马一样，这种病毒会潜入受防火墙保护的区域，从里面瓦解其防线，将各种来自外界的恶毒攻击放进来。

当希腊人最终进入特洛伊城之后，人类对于恶毒残暴的认知就被大大地刷新了，以至于连生活在几千年之后的现代考古学家施里曼都能发现当年希腊人暴力破坏的痕迹。发生了一场针对男性人口的大屠杀，这本是意料中事，不过很多女性也被杀害了，而且她们并非都死于施害者的一时冲动。

希腊人所犯下的人神共愤的暴行

被当作人殉的波吕克塞娜：普里阿摩斯最小的女儿被冷血的涅俄普托勒摩斯在阿喀琉斯的墓前割断了喉咙，当作人殉献祭给死去的阿喀琉斯，因为希腊人相信正是波吕克塞娜把刀枪不入的阿喀琉斯的弱点告诉了帕里斯。因为此事，涅俄普托勒摩斯也注定要死于非命。（他死于阿伽门农的儿子俄瑞斯忒斯之手）。

杀害婴儿：为了断绝赫克托耳的血脉，希腊人将赫克托耳还在襁褓中的儿子直接从特洛伊的城墙上扔了下去。

渎神：在对整座特洛伊城的无差别破坏中，狂怒的希腊人甚至都没有放过神庙。

被强暴的卡珊德拉：从希腊人自己的角度看，最令人震惊的事件之一是埃阿斯对卡珊德拉的强暴，埃阿斯同时还犯下了渎神的罪孽（这位埃阿斯并不是我们之前所提的那位英雄埃阿斯，只是与他同名而已，有人也将这位称作"小埃阿斯"）。卡珊德拉逃至雅典娜的神庙寻求庇护，紧紧地抱住了雅典娜的神像，当埃阿斯强行将她拖走的时候，甚至连神像都一并被拽倒了。随后埃阿斯就在被亵渎的圣所中强暴了卡珊德拉。

考虑到这位童贞女神一向对人们在自己的圣所中发生性行为怀着强烈的愤恨（参见美杜莎的故事），更不要说被强暴的人还是在她保护之下的祈愿者，雅典娜决不可能对此坐视不管。惊惶的希腊人试图通过当场将小埃阿斯杀掉来与这一事件划清界限，但是他通过爬上自己刚刚亵渎过的那尊雕像保住了性命。

天神的惩罚

我要叫我先前的仇敌特洛伊人高兴，

给阿开奥斯人大军一个痛苦的归程。

欧里庇得斯，《特洛伊妇女》中雅典娜对波塞冬所说的话

希腊人在特洛伊城破后犯下的暴行激怒了雅典娜和波塞冬，他们转而报复自己先前保护过的这些希腊人，除了少数行为最稳重克制的希腊人以外，谁都没能逃脱惩罚。雅典娜和波塞冬收回对希腊人的保护，使得阿波罗和阿佛洛狄忒也可以尽情对这些暴徒施以制裁。阿波罗一向以复仇像火般炽烈、不受约束而闻名，而阿佛洛狄忒虽然没那么暴力和直接，但其手段的狠辣程度也丝毫不逊于阿波罗。几乎没有多少希腊人活着回到了家乡。遭受惩罚的包括下面几位：

后世文化艺术作品中的特洛伊的陷落

后世以特洛伊的陷落为主题创作的作品包括乔凡尼·多梅尼科·提埃坡罗 1773 年创作的《特洛伊人迎接木马入城》，乔凡尼·巴蒂斯塔·皮托尼约 1730 年至 1734 年创作的《献祭波吕克塞娜》和路易·德·考勒里的《特洛伊焚城》。巴黎的杜伊勒里公园收藏着艾梅·米勒于 1877 年创作的雕塑作品《向雅典娜寻求庇护的卡珊德拉》。美国威斯康星州的莱克德尔顿还有一尊特洛伊木马的巨型雕像。在歌剧领域，柏辽兹 1858 年创作的《特洛伊人》叙述了特洛伊灭亡的故事以及埃涅阿斯的漂泊。

小埃阿斯

不出意料，载着这个可憎的强暴者的船在返航时遭遇了悲惨的命运，但热衷于吹嘘的"英雄"本人还是艰难地爬到了那颗撞毁了自己所乘船只的石头上，求得了一时的平安。他大声吹嘘自己从神灵的惩罚中都能保全性命，然后波塞冬便用三叉戟劈开了那块巨石，而雅典娜则用快如闪电的一击，结果了他罪恶的生命。

阿伽门农

阿佛洛狄忒对于报复阿伽门农尤为感兴趣。在她的影响下，阿伽门农的妻子在她丈夫在外远征的时候与埃癸斯托斯私通。克吕墨涅斯特拉同时也因为自己的女儿伊菲革涅亚的遭遇怨恨着阿伽门农。当回家后的阿伽门农在浴室休憩时，克吕墨涅斯特拉用一张大网罩住了阿伽门农以防止他挣扎，然后用刀子了结了他的性命。一些说法称卡珊德拉也是在此时被克吕墨涅斯特拉所杀。这一家族漫长的谋杀、强暴与乱伦的传统还将在阿伽门农的子女，俄瑞斯忒斯和厄勒克特拉身上延续。他们为了给父亲报仇，合谋杀死了克吕墨涅斯特拉和埃癸斯托斯。俄瑞斯忒斯因此一直被复仇女神追杀，直到雅典娜说服复仇女神们遵从人类法律的裁判（俄瑞斯忒斯在法庭上被宣判无罪），雅典娜的这一功绩标志着人类文明具有里程碑意义的胜利。

俄瑞斯忒斯谋杀母亲的情人埃癸斯托斯。

狄俄墨得斯

狄俄墨得斯在返乡的途中也经历了几次冒险，但却一直被雅典娜庇护着。比如他所乘坐的船只在对他怀有敌意者的海岸上撞毁时，他险些被当地人献祭给了战神阿瑞斯，靠着雅典娜的庇护才逃出生天。在他返乡后却发现爱神早已使他的妻子变得不忠，怀着对妻子的厌恶，狄俄墨得斯再次远走他乡，最终死在了意大利。阿佛洛狄忒继续保护着海伦，墨涅拉俄斯本想杀死她，却怎么都无法下手。海伦在她那位报复心强的丈夫死后还活了很久。

史诗中的航海者

希腊方的奥德修斯和特洛伊方的埃涅阿斯都历尽千辛万苦才重返家园。奥德修斯一路都在寻找祖辈世代居住的家园和爱妻珀涅罗珀，而埃涅阿斯则带领着特洛伊的遗民建立了新的家园。这两位英雄漫长的返乡之旅，近乎标志着英雄时代的完结，这正是我们下一章的主题。

后世文化艺术作品中的阿伽门农

阿伽门农和他的家人的命运同时为古代与现代的艺术家们提供了灵感。索福克勒斯曾经创作过悲剧《厄勒克特拉》。而在绘画领域，伯纳迪诺·梅曾经在 1654 年创作过《俄瑞斯忒斯杀死埃癸斯托斯与克吕墨涅斯特拉》，皮埃尔－纳西斯·盖兰也在 1817 年创作出了《克吕墨涅斯特拉在刺杀熟睡的阿伽门农前犹豫》。

9

返乡

希腊诗人荷马的《奥德赛》以及罗马诗人维吉尔的《埃涅阿斯纪》的故事都发生在英雄时代的末期，而且这两部史诗都是围绕单独的一位英雄的经历创作的。两部传奇都是神话文学中的杰作，同时也可以被视作展现环地中海地区充满魔力的风貌的游记。这两本书中都充斥着奇特的生物、富有异域风情的民族，还有一幅幅满是奇观与危险的图景。我在本章中将不会试图去拙劣地模仿荷马与维吉尔卓越的文笔，而是仅仅满足于为他们笔下的神话旅程搭建一个总体框架，以便让对这些神话中的某些情节，比如奥德修斯在食用洛托斯花的国度的经历，或是埃涅阿斯与狄多之间的恋情只有一些浮光掠影式印象的读者，可以将这些片段置于恰当的语境脉络之中。

奥德赛

请为我叙说，缪斯啊，那位机敏的英雄，
在摧毁特洛亚的神圣城堡后又到处漂泊，
见识过不少种族的城邦和他们的思想；
他在广阔的大海上身受无数的苦难，
为保全自己的性命，使同伴们返家园。

> 但他费尽了辛劳，终未能救得同伴。
>
> 《荷马史诗·奥德赛》序章

　　既然没有人能比奥德修斯在攻陷特洛伊上的功劳更大，所以这位机敏的英雄也该意识到，自己的返乡之路想必不会一帆风顺。阿波罗在急切地渴望复仇，即便是宙斯也被希腊人在特洛伊的暴行所震怒。这一切都意味着雅典娜在保护这位英雄时，必然会遇到强大的阻力。考虑到这些情况，与奥德修斯同行无疑近乎自杀，不过至少他的船员们能以极其多样又不同寻常的方式迎接自己命定的死亡。荷马的叙事方式十分复杂，插入了多次闪回，还经常岔开主题，做一些不相关的叙述。如果把荷马讲述的故事按照正常的时间顺序整理出来的话，奥德修斯和他同伴们的遭遇应该如下：

一、基斯科涅人

> 他们人多又勇敢，居住在该国内陆地方，
>
> 善于从马上和人厮杀，必要时也能徒步作战。
>
> 他们在清晨时到来，多得有如春天的茂叶繁花。
>
> 《荷马史诗·奥德赛》第9卷第48行

　　奥德修斯和他的同伴们返乡路上停留的第一站是伊斯马罗斯。奥德修斯的手下有着迈锡尼出身的希腊人一贯的低劣道德水准，所以他们登陆后立刻就攻击了最近的城市——基斯科涅人的城邦。他们屠杀了那里的男人和牲畜，把女人和财宝当作战利品在彼此之间分配。即便奥德修斯催促他的手下不要再沉浸于劫掠财物，但他的话显然并没有谁听得进去。随后附近村镇的乡民都拿起武器聚集起来向希腊人发起了反击，奥德修斯的手下虽然都是特洛伊战场上久经战事的老兵，不过还是损失惨

重，不得不仓皇上船逃离。

二、食用洛托斯花的人

---※---

他们一吃了这种甘美的洛托斯花，

就不想回来报告消息，也不想归返，

只希望留在那里同洛托法戈伊人一起，

享用洛托斯花，完全忘却回家乡。

《荷马史诗·奥德赛》第9卷第95行

---※---

宙斯此时第一次表现出了自己对这些希腊人的野蛮行径的反感，用一阵强有力的暴风雨使奥德修斯这支小小的舰队偏离了原本的航线很远。舰队的船帆被暴风雨撕成了碎片，而船员们也喝光了船上的淡水，只好在北非的海岸上登陆寻找补给。

他们在那里碰到了这些以洛托斯花为食的人，这个民族（正如丁尼生令人难忘地描述过的那样）生活在"一片仿佛永远处在下午的国度"。船员一旦食用了洛托斯花就会变得萎靡不振、目光呆滞，再也不会思念家乡和亲人。奥德修斯最后只能用强制的方式才把船员拉回到船上，还不得不施加给他们身体的痛苦才能让船员们获得动力。在被绑在船桨上的船员的哭泣声中，舰队终于再次启航了。

三、波吕斐摩斯

---※---

那里居住着一个身材高大的巨怪，

独自一人于远处放牧无数的羊群，

不近他人，独据一处，无拘无束。

《荷马史诗·奥德赛》第9卷第189行

---※---

奥德修斯和船员们戳瞎独眼巨人波吕斐摩斯。

这个怪物一般的独眼巨人是波塞冬的儿子，他生性暴戾，为了追求宁芙加拉提亚曾经杀掉过潘神的一个儿子，那个倒霉的受害者原本是他的情敌。曾经有人警告过他要小心奥德修斯，但当我们狡黠的英雄误打误撞走进独眼巨人的洞穴时，他谎称自己的名字叫"没有人"。后来波吕斐摩斯又杀死、吞掉了奥德修斯随行的船员，于是奥德修斯找机会灌醉了他，并用一根木桩戳瞎了他的那只独眼。波吕斐摩斯向他周围的独眼巨人们大喊"没有人"戳伤了他，于是他们就安下心来，回去继续睡觉了。幸免的船员们在波吕斐摩斯放羊的时候爬到了羊的肚子下面，抱住山羊逃出了洞穴。因为伤害了波塞冬的儿子，奥德修斯已经树下的诸多神祇敌人中又加了一位。

四、风王埃俄罗斯

我们到达艾奥利埃岛，那里居住着
希波塔斯之子、天神们宠爱的埃俄罗斯，
在一座飘浮的岛上，岛屿周围矗立着
永不毁朽的铜墙和无比光滑的绝壁。
《荷马史诗·奥德赛》第10卷第1行

希腊神话中有好几位名叫埃俄罗斯的人物，不过荷马笔下的这位埃俄罗斯是一位能够驾驭风的国王，（因为某些原因无法前进的）奥德修斯的船队正好到达了他的国度。奥德修斯一如既往地魅力十足，讨人喜欢，他在这里被埃俄罗斯殷勤招待了一个月之久。之后埃俄罗斯又唤起一阵西风加快了奥德修斯的归程，奥德修斯和他的手下几乎被径直吹到了家乡伊塔刻。临行前埃俄罗斯还送给奥德修斯一只紧紧密封的大袋子，奥德修斯的手下以为里面一定全是金子，就趁他熟睡的时候打开了袋子想偷走一些。事实上，袋子中装的是余下的东风、北风和南风，先前的旅途几乎已经耗尽了所有的西风，于是这些被释放出来的狂风将奥德修斯的舰队又吹回了埃俄罗斯的岛屿。埃俄罗斯拒绝再次提供帮助，此时奥德修斯的怒火恐怕能够抵消一部分后来他在手下的这些船员死去时的悲痛心情。

现代有很多充气产品都以埃俄罗斯的名字命名，不过最著名的还是他的那只"风囊"，这个词如今已经成了一个用来形容人的词汇，往往用于评论政治人物（windbag 意指夸夸其谈的人）。

五、莱斯特律戈涅斯人

❖━━━◆∙◆∙◆━━━❖

（他们如）叉鱼般把人叉起带回做骇人的菜肴。

《荷马史诗·奥德赛》第 10 卷第 125 行

❖━━━◆∙◆∙◆━━━❖

他们花了很长时间疲惫地划桨前进，终于来到了一个与外界隔绝的港口。奥德修斯和他的同伴很快就发现这其实是食人的巨人族设下的陷阱，他们会向山下的船只投掷巨石，再用鱼叉叉起落水的人类带回去吃掉。只有奥德修斯自己乘坐的那条船幸免于难，因为谨慎的奥德修斯下令将船停在港口外，从而逃过了这场屠杀。

六、喀耳刻

她便用魔杖打他们，把他们赶进猪栏。

他们立刻变出了猪头、猪声音、猪毛

和猪的形体，但思想仍和从前一样。

《荷马史诗·奥德赛》第 10 卷第 240 行

喀耳刻是太阳神赫利俄斯的女儿，米诺陶洛斯的母亲帕西法厄的姊妹。此外，她还是位法力高强的女巫。她下药毒害了奥德修斯的船员们，然后将他们变成了猪猡。（或者像维多利亚时代诗人奥古斯塔·戴维斯·韦伯斯特认为的那样，她只是去掉了他们身上的人形伪装。）奥德修斯本人逃脱了被变成猪猡的命运，因为极少数还支持奥德修斯的神祇之一赫尔墨斯给了他一根神圣的药草，抵消了喀耳刻药剂的魔力。这根神圣的魔草被称为"moly"，这可能是现代人惊呼时使用的"我的天啊！"（Holy moly！）的词源。后来喀耳刻就向奥德修斯屈服了，将自己交由他摆布。奥德修斯和他重现人形的同伴在喀耳刻居住的岛屿欢宴享乐了一年之久才重新起航。

七、冥府

"我的孩子，你怎么仍然活着便来到

这幽冥的阴间？活人很难见到这一切。"

《荷马史诗·奥德赛》第 11 卷第 155 行

在喀耳刻的指引下，这些并不情愿的冒险者们向北来到了终年被迷雾环绕的基墨里奥伊人的国土。他们在那里找到了冥府的一个入口，奥德修斯在这里举行了古老的召唤仪式，使自己能够与死去的先知忒瑞西

忒瑞西阿斯，赫拉和宙斯

先知忒瑞西阿斯曾经被赫拉变成一个女人达十年之久，后来才变回了男儿身。赫拉曾经与宙斯争论男性和女性到底哪一方能从性行为中得到更多的快感，忒瑞西阿斯被他们叫来做裁判。忒瑞西阿斯回答说，女性得到的快乐是男性的十倍。输掉了争论的赫拉（正如我们所知，她一向十分介意失败）把忒瑞西阿斯戳瞎了，而宙斯则奖赏了他预言的天赋与极长的寿命，他死后在冥府中也得到了珀耳塞福涅的宠爱。

阿斯对话。忒瑞西阿斯告诉他，波塞冬的敌意是他航海返乡途中的最大障碍，不过奥德修斯还是必须抓紧返乡，因为被当作"孀妇"的珀涅罗珀会招来一众求婚者，这些求婚者会住在她家里不走，直到将他们的全部家产吃光喝尽。

八、塞壬

塞壬会用清亮的歌声把他迷惑，
她们坐在绿茵间，周围是腐烂的尸体的
大堆骨骸，还有风干萎缩的人皮。

《荷马史诗·奥德赛》第 12 卷第 45 行

喀耳刻预先警告过奥德修斯这些怪物（参见本书 143 页）的危险，奥德修斯用蜜蜡封住了他船员的耳朵，然后下令让船员把自己绑在桅杆上以便安全地听到塞壬的歌声。

一只塞壬因歌声无法诱惑奥德修斯落水而死。

九、斯库拉和卡律布狄斯

> 它有十二只脚，全都空悬垂下，
>
> 伸着六条可怕的长颈，每条颈上
>
> 长着一个可怕的脑袋，有牙齿三层，
>
> 密集而坚固，里面包藏着黑色的死亡。
>
> 《荷马史诗·奥德赛》第12卷第45行中对斯库拉的介绍
>
> 与走另一条路会遇见的卡律布狄斯相比，斯库拉已经显得诱人多了

　　奥德修斯在这里将会作出一个艰难的抉择：是冒着整船人被吞没的危险经过卡律布狄斯大漩涡，还是要从注定要吃掉他手下六个船员的多头怪斯库拉面前经过。奥德修斯选择了从他急剧减少的船员中再牺牲六个。（虽然喀耳刻曾经向奥德修斯警告过斯库拉的危险，不过似乎她并没有提到，当初正是她把斯库拉从一个美丽的少女变成了如今这个丑陋的怪物，因为她们曾经爱上同一个人。）

十、太阳神的神牛

———◆◆◆———

"朋友们，快船里储有食品，也有饮料，

我们切勿动牛群，以免骤然降灾祸，

这些牛和肥壮的牛群属了可畏的神明

赫利奥斯，他无所不见，无所不闻。"

《荷马史诗·奥德赛》第 12 卷第 320 行

奥德修斯对他的船员们的讲话

———◆◆◆———

奥德修斯的船接下来在一个放养着肥壮、油水丰富的牛群的岛屿登陆。尽管奥德修斯曾经徒劳地警告过他的船员不要去动那些神牛，但宙斯一直用逆风将他们的船困在这个岛上，最终这群船员还是屈服于诱惑杀死了神牛，在余下的日子里一直用牛肉当作晚餐。太阳神赫利俄斯陷入了暴怒之中，他威胁道除非天神为他死去的牛群复仇，不然他将不再让太阳照耀大地。宙斯立刻用一块雷云罩住了奥德修斯的船，让狂风将船只连带着奥德修斯的全部船员打成了碎片。

十一、卡吕普索

———◆◆◆———

思乡心切的英雄奥德修斯被困在

一个杂木丛生，四面环海的岛屿上，

它位于俄刻阿诺斯的正中央，四周没有

任何人迹。不幸的英雄没有任何朋友陪伴，

只有生活在洞穴中高贵的神女执意阻留。

然而她温柔缱绻的话语也不能让英雄

忘记妻儿与遥远的故国，伊塔刻。

《荷马史诗·奥德赛》第 1 卷第 44 行

———◆◆◆———

　　在这场灭顶之灾中只有奥德修斯一个人活了下来，他抓住被风暴撕裂的舰船的碎片，最终漂流到了宁芙卡吕普索居住的岛屿。卡吕普索因为曾经在神祇与提坦之战中帮助过她的父亲阿特拉斯而被幽禁在这个岛上，两个人之间立刻擦出了火花，他们还生下了一个儿子。然而奥德修斯却从来没有停止思念过家乡和妻儿。他在岛上停留了七年之久，后来是雅典娜请求宙斯对卡吕普索施压，他才得以重获自由。失去了奥德修斯的卡吕普索陷入了绝望，不过可能后来她还是从这一打击中走了出来，因为加勒比地区有一种迷人的民谣就是以她的名字命名。另外卡吕普索也是木星的一颗卫星（木卫十四）。

十二、瑙西卡

奥德修斯也这样走向美发的少女们，

不顾裸露的身体，情势逼迫不得已。

他浑身被海水染污，令少女们惊恐不迭，

个个颤抖着沿突出的海岸四散逃窜。

唯有阿尔基诺奥斯的女儿留下。

《荷马史诗·奥德赛》第 6 卷第 127 行

瑙西卡遇见浑身赤裸的奥德修斯

波塞冬看到奥德修斯在海面上出现，心中不禁涌起一种恶意的满足感，他立刻撼动海浪打算掀翻奥德修斯的小船。在暴雨和海浪的倾覆下，奥德修斯的小舟被打得粉碎。即使有雅典娜竭尽全力的保护，奥德修斯也只是勉强保住了性命。浑身赤裸、筋疲力尽的奥德修斯被抛到了一片陌生的海滩上，直到清晨他才被瑙西卡公主和侍女们嬉闹的声音唤醒。尽管侍女们一看到奥德修斯就吓得四散逃窜，但年轻的瑙西卡公主却保持着理智，并没有跑开。因为她原本就打算带着侍女来海边洗衣服，所以奥德修斯很快就穿上了整洁的衣服。瑙西卡的父亲用美酒和宴席招待了奥德修斯，而奥德修斯则在席间为费埃克斯人讲述了自己一路历险中的许多故事（奥德修斯的回忆占据了《奥德赛》的很多篇幅）。然后费埃克斯的国王为他准备了一艘快船载着他安全返乡。

伊塔刻

————◆◆◆————

"这时我看见奥德修斯在尸体中间
昂然站立，一具具尸体在他周围
横陈硬地，你见此情景也定会欢欣。"
《荷马史诗·奥德赛》第23卷第45行
珀涅罗珀的奶妈向她讲述奥德修斯的归来

————◆◆◆————

与此同时，漂泊在外的奥德修斯的妻子珀涅罗珀也遇到了麻烦。因为奥德修斯已经多年杳无音信，很可能在神谴中死于风浪，所以他的宫殿中现在到处都是珀涅罗珀的追求者，他们不只掌控了宫殿，还掌控了伊塔刻的统治权。

尽管奥德修斯的儿子忒勒马科斯满怀酸涩地对这些求婚者提出了抗议，但这些求婚者照旧滥用着希腊传统的宾客之仪，用无休无止的欢宴与狩猎赖在奥德修斯的宫殿不肯离开。珀涅罗珀把自己关起来日复一日地纺线，宣布只要她完成一幅挂毯，就会在求婚者当中选定配偶。为了无限期地推迟这个不幸的时刻，她每晚都会拆掉白天纺好的线头。

在经过了长达十年的危机四伏的旅程后，奥德修斯变得格外谨慎，在打探好自己国土上如今的情况之前，他并不打算唐突地宣布自己的归来。特洛伊战争与之后十年苦难的风霜摧残使他变得形销骨立，除了他忠诚的猎犬以外没有任何一个人认出他。雅典娜又将他变得更加衰老，以增强他化装的效果。

织机旁的珀涅罗珀。

忒勒马科斯前往斯巴达去寻求他父亲的音信，受到了重归于好的海伦与墨涅拉俄斯的盛情款待。这对曾经决裂的夫妻如今看上去家庭一片和谐。在雅典娜通知他返乡之后（连带着还避开了求婚者们在路上的伏击），他与自己的父亲重新相认，还准备与父亲一起向求婚者寻求报复。奥德修斯化装成乞丐回到了自己的家中，在那里还遭到了求婚者的嘲笑。奥德修斯和忒勒马科斯还有珀涅罗珀一起安排了一场射箭竞赛，忒勒马科斯乘机收走了求婚人们的武器。这场比赛最终成了一场闹剧，因为比赛指定使用的弓是奥德修斯曾经用过的硬弓，没有一个求婚者能成功拉动弓弦。

轮到奥德修斯上场参赛的时候，四周响起一片嘲讽的笑声。然而在他拉动弓弦并一发命中红心之后，求婚者们的笑声就戛然而止了。之后

后世文化艺术作品中的奥德修斯（尤利西斯）

　　《奥德赛》的神话故事曾经被不同的艺术家们多次阐释。下面按照神话中故事发生的顺序，我将为你们举出一些经典的作品：雅各布·约丹斯于约 1666 年创作的《波吕斐摩斯洞穴中的尤利西斯》；J. W. 沃特豪斯 1891 年创作的《向尤利西斯递杯的喀耳刻》；乔凡尼·本尼迪托·卡斯蒂廖内 17 世纪

平图里乔画中被追求者包围的珀涅罗珀

50 年代创作的《喀耳刻把尤利西斯的手下变成野兽》；赫伯特·德莱珀 1909 年创作的《尤利西斯与塞壬》；阿诺德·勃克林 1883 年创作的《奥德修斯与卡吕普索》；平图里乔约 1509 年创作的《珀涅罗珀与求婚人》；乔治·德·基里科 1968 年创作的《尤利西斯的归来》；弗朗西斯科·普里马蒂乔 1545 年创作的《尤利西斯与珀涅罗珀》。尤利西斯还活跃在詹姆斯·乔伊斯于 1914 年至 1921 年分篇发表的同名长篇小说中。（这本小说的《瑙西卡》一章曾经被指控描写淫秽。）那些先前并不了解奥德修斯传说的人恐怕要比那些已经对此有所了解的人还要更难理解这部西方文学史上的巨著。

他立刻开始用弓箭射杀在场的求婚人，直到用尽了所有的箭才肯罢休。忒勒马科斯和奥德修斯手下的雇农也加入了屠杀，最终总共有一百多位求婚人当场被杀死。

尾声

奥德修斯和雅典娜不得不兼用威胁和交涉手段才制服了众多求婚人愤怒的家属。直到奥德修斯向她描述自己亲手做成的那张床之后，珀涅罗珀才终于与奥德修斯相认。后来他们就此安顿下来，幸福地度过了余生。也有的说法称奥德修斯后来又再度出航，然后在这一过程中被前来寻找父亲的他和喀耳刻所生下的儿子误杀。

《埃涅阿斯纪》

天神不容他，残忍的朱诺不忘前仇，
使他一路上无论陆路水路都历尽了颠簸。
他还必须经受战争的痛苦，才能
建立城邦，把故国的神祇安放在拉丁姆。
《埃涅阿斯纪》第 1 卷第 3—7 行

尽管《奥德赛》与《埃涅阿斯纪》的写作时间相距千年，不过这两部史诗中出现的风物都属于同一个时代，所以可以说奥德修斯是与埃涅阿斯同时在地中海上游荡——而且他们的确差点在西西里岛相遇。两本书都可以被粗略地划分为十二个篇章，《埃涅阿斯纪》的前半部分描述了他在各地的漫游，而后半部分则描绘了他在一个遥远的国度中建立新家园的艰辛与这期间发生的流血冲突。和《奥德赛》一样,《埃涅阿斯纪》是从故事的中段开始叙述的,而且中间插入了多次闪回,所以维吉尔的史诗也不是按照时间顺序叙述的,我们在下文中将还原被残忍地逐出维吉尔优雅韵文的"顺序"。

一、逃离特洛伊

有什么语言能描述这天晚上的屠杀和死亡呢?

提到这天晚上的苦难,眼泪是哭不完的。

多年来称雄的古都灭亡了。

《埃涅阿斯纪》第 2 卷第 360 行

当希腊人通过木马计攻破了特洛伊的城墙后,埃涅阿斯还在英勇地与希腊人战斗。直到阿佛洛狄忒(在下面的叙述中,我们将依照维吉尔的说法,改称她为维纳斯)制止了他,并告诫他此时应该首先拯救自己

埃涅阿斯带着老父和儿子逃离特洛伊城。

的家人。埃涅阿斯背着年老的父亲安基塞斯，又把儿子阿斯卡尼俄斯绑在腿上逃出了燃烧着的特洛伊城。后来他又折回去救自己的妻子克瑞乌萨，但这时她已经被杀死了。他首先召集了一小队与他一起流亡的同伴，然后组建了一支小型舰队，就此逃离了特洛伊海岸。

二、在地中海上的航行

———❖———

我们等候和风吹拂大海，

海上航行已经安全可靠，

低声细语的轻风在召唤我们下海，

我和伙伴们就立刻聚集到海边，

把船拖到海里。

《埃涅阿斯纪》第 3 卷第 69 行

———❖———

起初特洛伊人想在色雷斯重新建立自己的城市，但后来却得到了不吉的征兆，于是他们启程转而前往克里特岛。接下来他们打算在后来的帕加马城的位置重新建城，但（在与哈比发生冲突之后）埃涅阿斯受到了神启，决定向西前往意大利定居。在偷偷绕过了希腊半岛后，他们在希腊西部的布特林特登陆，这座城市现在由另一位特洛伊流亡者赫勒努斯统治，他在赫克托耳死后与安德洛玛刻结为连理。赫勒努斯警告了他们卡律布狄斯和斯库拉的危险，建议他们绕路而行，于是他们抵达了独眼巨人们的岛屿。在这里他们还收留了很多奥德修斯的船员，他们在奥德修斯从波吕斐摩斯处逃跑时被遗弃在这里。接下来埃涅阿斯的船队到达了西西里岛，安基塞斯在这里去世。他们还没来得及在死者的葬礼上举办竞技纪念安基塞斯，就被一阵大风吹到了北非。

三、狄多

――――◆◆◆――――

> 狄多是这个国度（迦太基）的女王，
> 她放弃了在推罗原本属于她的王位，
> 来逃避两个居心不良的兄长的暗算。
> 她所经受的灾厄多到只凭言语都不能说尽。
> 《埃涅阿斯纪》第1卷第33行中维纳斯对埃涅阿斯所说的话

――――◆◆◆――――

狄多是从腓尼基逃难而来的一位女王，她此时正忙于兴建后来的迦太基城（尽管某些非要扫兴的现代考古学家指出，最早有人在迦太基定居也是几个世纪之后的事了）。女王殷勤地款待了特洛伊的遗民，但最后却不得不成为朱诺（赫拉）与维纳斯之间宿怨的牺牲品。朱诺是狄多和迦太基的保护人，她向维纳斯提议要让埃涅阿斯和他麾下的特洛伊人定居在迦太基。因为朱诺知道这样就能阻止罗马的建立，还能避免迦太基城在后世的毁灭。陷入对埃涅阿斯的迷恋的狄多最终在一处洞穴中与埃涅阿斯发生了关系，但随后墨丘利（赫尔墨斯）就出现了，严肃地提醒埃涅阿斯他还肩负着带领特洛伊人在意大利重新建城的命运，于是一向服从神的旨意的埃涅阿斯便准备起航远行。女王对自己爱人的离去感到极度绝望。史诗在狄多的死中达到了高潮，她为自己准备了葬礼的火堆，然后一边为死去的恋情殉葬，一边用滔滔不绝、富有想象力的生动语言诅咒着埃涅阿斯与他的后代子嗣。

四、西西里岛

――――◆◆◆――――

> 祝福你，神圣的父亲
> 再一次祝福你……
> 现在你已成了鬼魂、灰烬和幽灵，

我不能和你一起去寻找意大利的疆土、

命运注定给我们的土地了。

《埃涅阿斯纪》第5卷第80行

埃涅阿斯为父亲安基塞斯举行葬礼时的致辞

———◆◆◆———

特洛伊人回到了西西里岛，为死去的安基塞斯举办葬礼和竞技大会。朱诺在这时又企图再次破坏罗马城的建立，她说服特洛伊的妇女，使她们想要定居于西西里岛，这些女人甚至烧掉了船只来阻止男人们继续前行。尽管埃涅阿斯粉碎了她们的企图，但还是有一些特洛伊人选择了留在西西里岛。

埃涅阿斯在同他们含泪告别后就扎进了朱诺为他准备的一场暴风雨当中。尽管尼普顿（波塞冬）也非常厌恶特洛伊人，但他显然更厌恶其他神祇在自己的管辖范围中施加影响，为了表示对朱诺的不满，他还是使埃涅阿斯的船队安全地着陆了。

五、登陆

———◆◆◆———

在一棵枝叶茂密的树里，

藏着一条黄金的树枝，

它的叶子和权杖也是黄金的。

《埃涅阿斯纪》第6卷第146行

———◆◆◆———

埃涅阿斯登陆的地方矗立着代达罗斯为死去的儿子伊卡洛斯建造的纪念碑，他们从囚禁他们的弥诺斯王（参见本书158页）的宫殿中飞了出来，但伊卡洛斯却在途中殒命。埃涅阿斯在这里向一位女先知西比尔询问接下来的命运，却被告知"我看见了战争，可怕的战争，多少人的血将染红台伯河"。接下来西比尔告诉埃涅阿斯他必须启程前往冥府（这倒不是什么难事，毕竟人终有一死），然后再从冥府返回（显然这就很难做到了）。为了逃离冥府，他必须首先在树林中采到一棵金枝作为送给珀耳塞福涅的献礼。

詹姆斯·乔治·弗雷泽爵士那部写于 19 世纪末 20 世纪初的研究神话、巫术与宗教的划时代著作就因此得名。这个神话还为 J. M. W. 透纳在 1834 年创作的绘画作品《金枝》提供了灵感。

六、冥府

——◆——

女王啊，我不是出于自愿才离开你的国土的啊。
是神的命令强迫我这样做的，
同样是神的命令迫使我来到这鬼影憧憧的冥界，
这荒凉凄惨的地方，这黑夜的深渊；
我没有料想我的出走竟给你带来如此沉重的痛苦。

《埃涅阿斯纪》第 6 卷第 460 行
埃涅阿斯在冥府与狄多相遇

——◆——

尽管在卡戎那里遇到了些麻烦，但埃涅阿斯最终还是得以进入了亡者的世界。与大约也在此时访问过冥府的奥德修斯一样，他也见到了那些特洛伊战争时的旧识。

他在冥府中见到了自己的父亲，还与自己曾经的恋人狄多尴尬地相遇。安基塞斯向他介绍了他以后的罗马后代，这其中就有罗穆路斯与尤利乌斯·恺撒，他们的前世此时正等待着重返人间（参见本书 42 页）。

七、到达拉提乌姆

——◆——

我们所求的只是一块小小的地方安放

> 我们祖国的神祇，一个安身之地，
>
> 我们并不想危害他人，
>
> 只想得到人人可得的水和空气。
>
> 《埃涅阿斯纪》第 7 卷第 227 行
>
> 罗马帝国的先祖们向拉蒂努斯国王祈求一块安身之地

———◆◆◆———

在从喀耳刻居住的岛屿经过之后，特洛伊人到达了台伯河的河口，这里由国王拉蒂努斯统治。拉蒂努斯有一个名为拉维妮娅的女儿，曾经有预言称因为她将会爆发极大的冲突。拉蒂努斯国王因此急切地想把她和随之而来的麻烦交到外来人的手中，打算把她嫁给一个和自己关系越远越好的人。到目前为止，唯一的适婚人选只有一个名叫图尔努斯的拉丁英雄，被称作"意大利的阿喀琉斯"。尽管自己的女儿命中注定会带来麻烦，但拉蒂努斯还是敏锐地发现，如果让她与图尔努斯成婚，自己这位潜在的竞争者就会获得对王位的合法宣称权。所以当拉蒂努斯听说特洛伊人正在为自己丧偶的领袖寻找妻子时，他就迫不及待地想借机摆脱掉这个容易招惹是非的女儿了。

八、战争（第一阶段）

———◆◆◆———

> 请看，我已经挑起了不和，
>
> 发动了残酷的战争。
>
> 《埃涅阿斯纪》第 7 卷第 549 行
>
> 复仇女神阿列克托答复朱诺的话

———◆◆◆———

朱诺看到预言中罗马城的诞生越来越接近现实，于是加大了对埃涅阿斯的阻拦力度。她挑唆图尔努斯和拉蒂努斯的妻子阿玛塔，使他们站出来反对埃涅阿斯与拉维妮娅的婚事，又进一步派复仇女神中的阿列克托去挑拨拉丁原住民与特洛伊人之间的关系。尽管拉蒂努斯徒劳地对此表示反对，他的人民还是与特洛伊人开战了。此时特洛伊战争中的希腊英雄狄俄墨得斯也来到了意大利，图尔努斯便邀请他同自己昔日的敌手再度作战，向他指出特洛伊人拐骗女人成性，这次又偷走了自己的未婚妻拉维妮娅。

九、厄凡德尔

他又把埃涅阿斯领到……卡皮托山，

现在是一派黄金屋顶，

而当初却是灌木荆棘丛生的地方。

《埃涅阿斯纪》第8卷第350行

厄凡德尔在后来的罗马城处向埃涅阿斯展现光辉的未来

　　埃涅阿斯转而向阿卡迪亚人的国王厄凡德尔寻求帮助。厄凡德尔是墨丘利（赫尔墨斯）的儿子，而赫尔墨斯是这些罗马的创建者最重要的保护人之一。除此之外，埃涅阿斯和厄凡德尔的家系都能追溯到阿特拉斯身上，他们有着远亲的关系。不过，其实英雄时代有一半的英雄都会宣称阿特拉斯是自己的祖先，因此埃涅阿斯主要还是是寄希望于厄凡德尔与拉蒂努斯一向的敌对立场。厄凡德尔建议埃涅阿斯劝说埃特鲁斯坎人同自己结盟，而维纳斯则通过赠给埃涅阿斯一套自己的丈夫伏尔坎（赫淮斯托斯）铸造的铠甲来干预战事。

　　在维纳斯为埃涅阿斯赠送装备的时候，朱诺则派伊丽丝（与亲罗马的墨丘利神不同，她显然是一位对特洛伊怀有敌意的信使神）前去面见图尔努斯。她建议图尔努斯趁埃涅阿斯不在的时候突袭特洛伊人的营帐。好战的女王卡米拉也加入了图尔努斯组建的反特洛伊同盟，这位女王的形象显然有着浓郁的阿玛宗色彩。

十、战争（第二阶段）

————◆◆◆————

> 你们这些两次沦为亡国奴的特洛亚人，
>
> 这是你们第二回受到围困，龟缩在营寨里，
>
> 想靠一堵墙来求得不死，你们不觉得害臊吗？
>
> 《埃涅阿斯纪》第9卷第598行

————◆◆◆————

当拉丁人对特洛伊营垒的攻击被击退时（十年特洛伊战争的历练使这些老兵非常擅长守卫防御工事），图尔努斯转而打算烧毁特洛伊人的舰船，这使得众神之母瑞亚大为震怒，因为特洛伊人的舰船是用她圣林中的木材制造出来的。面对拉丁人对营垒的攻击，特洛伊人展开了一场大胆的突袭。尽管图尔努斯像恶魔一样在战场上厮杀，但还是无法打破特洛伊人的防御。埃涅阿斯的儿子阿斯卡尼俄斯在战场上战斗得十分英勇，但阿波罗担心这位未来罗马民族的祖先会遭遇不测，还是让他退出了战斗。回到了奥林波斯山的朱庇特必须要面对维纳斯和赫拉双方情绪激动的请愿。于是他选择不插手这场战斗，任由战场上的厮杀自然定出胜负。

在埃涅阿斯带回了埃斯特鲁坎援军之后，战斗的形势发生了改变，如今的战事变成了荷马笔下那种真正意义上的血战：英雄间兵刃相接，刹那间双方就都会产生大量的伤亡。就像赫克托耳杀死帕特罗克洛斯那样，图尔努斯杀死了厄凡德尔的儿子，埃涅阿斯的挚友帕拉斯。为了使图尔努斯逃脱埃涅阿斯因此产生的怒火，朱诺将图尔努斯引离了战场，但拉丁人因为失去了统帅，顿时陷入大乱，被特洛伊军队击溃。

十一、和谈

————◆◆◆————

> 你们千万不要再逼我去打这种仗了……

> 你们去和埃涅阿斯握手媾和吧，
>
> 这是可以的，但要避免武装冲突。
>
> 《埃涅阿斯纪》第 11 卷第 260 行
>
> 狄俄墨得斯对拉丁人提出的建议

埃涅阿斯用隆重的葬仪将帕拉斯的遗体火化，然后向拉丁人提出了条件。狄俄墨得斯此时也派来了信使，表示先前与特洛伊人的战争使他内心痛苦，他并不想插手这次拉丁人与特洛伊人之间的战争。图尔努斯回到了拉丁人当中，重新召集了军队，恢复了短暂中止的战事。

十二、战争（第三阶段）

> 这是我应得的下场，我也不求你饶我，
>
> 你就享受你的幸运吧。
>
> 《埃涅阿斯纪》第 12 卷第 930 行
>
> 图尔努斯对埃涅阿斯所说的话

卡米拉继续在她的保护神戴安娜（阿耳忒弥斯）的庇护下在特洛伊军中大杀四方。但卡米拉战死之后，拉丁人的攻势就被击退了，战斗陷入了胶着。为了一劳永逸地地决定双方的命运，图尔努斯向埃涅阿斯发起了一对一的单人决斗。不过对图尔努斯来说不幸的是，朱庇特与朱诺已经达成了协议，罗马城依旧将会建立，而朱诺也不会再为难特洛伊人，但朱诺要求埃涅阿斯和他的子民们必须与拉丁人为友，并且从此也以"拉丁人"这个名字自称。随着他们约定的确立，图尔努斯的命运也在此刻画上了句号。在图尔努斯死后，整篇史诗就完结了。

后世文化艺术作品中的埃涅阿斯

普塞尔于 1689 年首演的《狄多与埃涅阿斯》是英国歌剧史上最伟大的杰作之一。正如我们下面将看到的那样，大航海时代唤醒了关于埃涅阿斯流亡初期那些航海故事的记忆，其中包括：安德烈·萨基于 17 世纪创作的《狄多之死》；马蒂亚·普雷蒂 17 世纪 30 年代创作的《埃涅阿斯带着安基塞斯和阿斯卡尼俄斯逃离特洛伊城》；克劳德·洛兰创作于 1675 年的《埃涅阿斯在帕拉廷登陆》和他在 1676 年创作的《埃涅阿斯和狄多在迦太基》；弗朗索瓦·佩里尔创作于 1646 年至 1647 年间的《与同伴攻击哈比的埃涅阿斯》；卢卡·焦尔达诺于 17 世纪创作的《埃涅阿斯与图尔努斯》；乔凡尼·巴蒂斯塔·提埃坡罗 1757 年创作的《埃涅阿斯把装扮成阿斯卡尼俄斯的丘比特引见给狄多》和 J. M. W. 透纳 1815 年创作的《狄多女王建立迦太基》。

克劳德·洛兰画中的埃涅阿斯在意大利登陆。

尾声

赫拉克勒斯的子孙们

赫拉克勒斯（赫丘利）生下了众多的子孙，甚至这些子孙自己就构成了一个族裔。他们从自己的家园中被驱逐，于是就前往德尔斐的神示所请求神谕，神谕宣称他们必须要等到"第三次的庄稼成熟"时才能夺回故土。"第三次的庄稼"指的是赫拉克勒斯的第三代子孙，他们随后用火与剑征服了整个希腊，然后瓜分了希腊的国土。

赫拉克勒斯子孙返乡的神话有时会和历史上的"多里安入侵"联系在一起，这段历史本身就有着很多争议。有一种观点认为，是北部多里安人的入侵灭亡了迈锡尼文明，希腊就此被拖入了黑暗时代，而几个世纪后出现的文明对之前的这一时代只保留了模糊的记忆，于是他们就将这段记忆收录进了神话传说之中。

罗穆路斯和雷默建立罗马

埃涅阿斯和拉维妮娅生下的孩子后来在一座名叫阿尔巴朗格的小城定居。不过很多历史学家认为这座城镇是曾经的特洛伊人在罗马城建立之前的一个暂时落脚点，而罗马城则刚好是在特洛伊城陷落的三百周年当天建立的。罗马建城神话的真实性在历史学家中引发了巨大的争议。

在其中神话色彩最浓重的一个版本中，相传战神玛尔斯曾经粗暴地诱奸了一位被废黜的国王的女儿，这位维斯塔处女后来生下了双胞胎罗穆路斯与雷默。两个婴儿被装在篮子里扔进了台伯河，一只母狼在未来的罗马城的位置上发现了这两个婴儿，然后一直用自己的奶水哺育他们，直到一个名叫福斯图鲁斯的牧羊人发现并解救了这两个孩子，他们一直被牧羊人抚养长大。

一向讲求实际的罗马人感到这样的传说难以接受。而另外一个版本的传说则宣称所谓的"战神玛尔斯"其实是当时的国王，他戴着掩饰自己身份的头盔强暴了自己政敌的女儿。所幸当时的民意保护了被强暴的维斯塔处女与她生下的婴儿，使他们免受被处决的命运。这对婴儿被交给了一个牧羊人，由他的妓女妻子抚养（拉丁语中的 lupa 既有"母狼"也有"妓女"的意思）。

不过在两个版本的神话中，罗穆路斯和雷默长大后都发现了自己的真正出身，然后带着本地的年轻人推翻了王位上的伪王，将他们的外祖父重新迎上阿尔巴朗格的王位。然后他们召集本地的年轻人，一起出发建立了后来的罗马城。

大多数历史学家都把听起来更肮脏却更真实的那版神话当作捏造，但一些人则指出如今出土的一些考古文物证明了那个神话的一些要素。如果说第二个神话为真的话，那么尽管很难说两者间有着经纬分明的界限，但我们也可以认为，公元前 753 年 4 月 21 日的那个清晨永久地改变了一切，神话就此终结，而历史则自此开端。

◂延伸阅读▸

如今获取这些伟大的神话史诗的实体书已经变得十分容易，荷马史诗中的《伊利亚特》和《奥德赛》都有简装本发行，比如说企鹅图书2003年版的《伊利亚特》（由 E. V. 里乌所译，彼得·琼斯校订）和2006年版的《奥德赛》（由罗伯特·菲格尔斯所译，伯纳德·诺克斯校订）都是非常好的选择。

那些想要以更原汁原味的形式阅读（并且希望在对开页读到古希腊文）的读者可以选择洛布古典丛书系列，《奥德赛》是这套丛书中的104、105号（哈佛大学出版社，1919年版），由 A. T. 默里翻译，乔治·E. 迪姆柯克校订，而《伊利亚特》则是丛书中的170，171号（哈佛大学出版社，1924年版），由 A. T. 默里翻译，威廉·怀亚特校订。

你也同样可以借助互联网获取那些不再受版权影响的译本。还有一些书籍包含着神话中的珍贵情节，这当中就有赫西俄德的《工作与时日神谱》（牛津大学出版社，1999年出版），这本书由 M. L. 韦斯特翻译。（这个版本还为那些对古典学了解不够充分的人提供了注释与阐释。）

现代社会中对神话存在着一种误解，即认为大部分重新阐述神话的书籍都是以幼儿读物的形式创作的。不过那些想要寻找易懂的神话书籍的成年人可能会喜欢理查德·P. 马丁主编的《古希腊人的神话传说》（新美国丛书，2003年版）或者说罗伯特·格雷夫斯的《希腊神话》（企鹅丛书，1990年版）。

还有一些书籍也对神话进行了总体的归纳，如：

露西拉·伯恩斯的《希腊神话》（大英博物馆出版社，1990年版）

理查德·巴克斯顿的《希腊神话世界》（泰晤士 & 赫德逊出版社，

2004 年版）

保罗·卡特里奇主编的《剑桥插图古希腊史》（剑桥大学出版社，
2002 年版）

马尔科姆·戴的《古典神话一百人》（巴伦斯&A.&C.& 布莱克出版社，
2007 年版）

简·F.嘉德纳的《罗马神话》（大英博物馆出版社，1993 年版）

贝坦尼·休斯的《特洛伊的海伦》（凯普 & 科诺夫出版社，2005 年版）

马克·P. O. 莫福德与罗伯特·J. 莱纳顿合著的《古典神话（第八版）》
（牛津大学出版社，2007 年版）

还有不可或缺的威廉·史密斯的《希腊罗马神话人名大字典》（伦敦
出版社，1894 年版）

◀译名对照表▶

A

阿波罗 Apollo
阿多尼斯 Adonis
阿耳忒弥斯 Artemis
阿佛洛狄忒 Aphrodite
阿伽门农 Agamemnon
阿喀琉斯 Achilles
阿瑞斯 Ares
阿斯克勒庇俄斯 Asclepius
阿塔兰忒 Atlanta
埃阿斯 Ajax
埃吉娅 Aergia
埃涅阿斯 Aeneas
《埃涅阿斯纪》*Aeneid*
埃忒耳 Aether
爱若斯 Eros
安菲特里忒 Amphitrite
安忒洛斯 Anteros
安提戈涅 Antigone
《奥德赛》*Odyssey*
奥德修斯 Odysseus
奥林波斯山 Olympus
奥维德 Ovid

B

百手巨人 Hecatoncheires

《变形记》*Metamorphoses*
柏勒洛丰 Bellerophon
波塞冬 Poseidon

D

代达罗斯 Daedulus
德墨忒耳 Demeter
堤丰 Typhon
狄俄尼索斯 Dionysus
独眼巨人 The Cyclopes

E

俄狄浦斯 Oedipus
俄耳甫斯 Orpheus
俄刻阿诺斯 Oceanus
俄里翁 Orion
厄俄斯 Eos
厄科 Echo
厄里斯 Eris
厄瑞玻斯 Erebus

F

法翁 Faun
福尔库斯 Phorcys

珀尔修斯 Perseus

珀耳塞福涅 Persephone

珀涅罗珀 Penelope

普罗米修斯 Prometheus

普绪刻 Psyche

Q

丘比特 Cupid

R

瑞亚 Rhea

S

萨梯 Satyr

塞利涅 Selene

《神谱》 *Theogony*

斯芬克斯 Sphinx

T

塔尔塔洛斯 Tartarus

塔纳托斯 Thantos

陶马斯 Thaumas

忒堤斯 Tethys

忒修斯 Theseus

特洛伊 Troy

提坦神 the Titans

W

维吉尔 Virgil

乌拉诺斯 Uranus

X

希绪弗斯 Sisyphus

许德拉 Hydra

许珀里翁 Hyperion

许普诺斯 Hypnos

雅典娜 Athena

夜魔 styrx

Y

伊阿宋 Jason

伊娥 Io

伊菲革涅亚 Iphigenia

伊卡洛斯 Icarus

伊丽丝 Iris

Z

宙斯 Zeus

◂ 插图出处 ▸

本书中所有线描图都来自 19 世纪文献。

Alinari Archives **3 37**; D.A.T., Athens **189**; Antikensammlungen,Basel **154**; Staatliche Museen Preussischer Kulturbesitz, Berlin **143**; Museum of Fine Arts, Boston **104 109 123 124**; National Gallery of Scotland, Edinburgh **90**; Galeria degli Uffizi, Florence **7**; Kestner Museum, Hanover 标题页 **1**; Landesmuseum, Kassel **103**; Archiepiscopal Castle, Kremsier **84**; British Museum, London **158 164 173 182 220**; National Gallery, London **108 171 225**; Royal Academy of Arts, London **236**; Tate, London **73 136**; Museo del Prado, Madrid **11 101**; Staatliche Antikensammlungen, Munich **14 29 185 222**; Gallerie Nazionale di Capodimonte, Naples **151**; Museo Archelogico Nazionale, Naples 标题页 **2 32 47 92**；Metropolitan Museum of Art, New York **8 135**; Ashmolean Museum, Oxfor **23**; Cabinet des Médailles, Bibliothèque Nationale de France, Paris **168**; Musée du Louvre, Paris 扉页 **22 41 50 57 77 79 87 124**; Musée d'Orsay, Paris **145**; D.A.I.,Rome **132**; Scala, Florence **13**; Musei Vaticani, Vatican City **21 120 142 169 194**; Earl of Pembroke's Collection, Wilton House, Salisbury **115**; Martibn von Wagner Museum, Würzburg **202 227**

图书在版编目（CIP）数据

希腊罗马神话 / (英) 菲利普·马蒂塞克
(Philip Matyszak) 著；崔梓健译. —— 北京：民主与
建设出版社, 2018.10
　书名原文: The Greek and Roman Myths
　ISBN 978-7-5139-2280-7

Ⅰ. ①希… Ⅱ. ①菲… ②崔… Ⅲ. ①神话—作品集
—古希腊②神话—作品集—古罗马 Ⅳ. ①I545.73
②I546.73

中国版本图书馆CIP数据核字(2018)第199733号

Published by arrangement with Thames and Hudson Ltd, London
The Greek and Roman Myths © 2010 Thames & Hudson Ltd, London
This edition first published in China in 2018 by Ginkgo (Beijing) Book Co., Ltd Beijing
Chinese edition © 2018 Ginkgo (Beijing) Book Co., Ltd
本书简体中文版由银杏树下（北京）图书有限责任公司出版。

版权登记号：01-2018-6974

希腊罗马神话
XILA LUOMA SHENHUA

出 版 人	李声笑	
著　　者	[英] 菲利普·马蒂塞克	
译　　者	崔梓健	
出版统筹	吴兴元	
责任编辑	刘　艳	
特约编辑	刘　漪	
封面设计	墨白空间·黄海	
出版发行	民主与建设出版社有限责任公司	
电　　话	（010）59417747　59419778	
社　　址	北京市海淀区西三环中路 10 号望海楼 E 座 7 层	
邮　　编	100142	
印　　刷	北京盛通印刷股份有限公司	
版　　次	2018 年 12 月第 1 版	
印　　次	2018 年 12 月第 1 次印刷	
开　　本	889 毫米 × 1194 毫米　1/32	
印　　张	8	
字　　数	182 千字	
书　　号	ISBN 978-7-5139-2280-7	
定　　价	72.00 元	

注：如有印、装质量问题，请与出版社联系。